Alnilam

O castigo de uma estrela

Angelo Rossi

Editora InVerso

® 2022. Editora Inverso

R. Doutor Goulin, 1523 Alto da Glória
CEP 80040-280 Curitiba-PR
(41) 3254-1616 e (41) 3558-8001
editorainverso@editorainverso.com.br
www.editorainverso.com.br
Facebook.com/editorainverso
Instagram @editorainverso

COORDENAÇÃO EDITORIAL
Cristina Jones
Editora InVerso

REVISÃO
Carlos W. Jorge

IMAGEM DE CAPA
Angelo Rossi Hidalgo Junior

MODELO
Caroline Rossi Hidalgo

CAPA, PROJETO GRÁFICO E DIREÇÃO DE ARTE
Adriane Baldini

DADOS INTERNACIONAIS DE CATALOGAÇÃO NA PUBLICAÇÃO (CIP)
Mona Youssef Hammoud – CRB/ 9ª 1393

R831a

ROSSI, Angelo. **Alnilam: o castigo de uma estrela.**
Curitiba.: Ed. InVerso, 2022
270p. 15 x 21 cm PTBR

ISBN: 978-85-5540-307-1

1. Romance. 2. Suspense. 3. Teatro. 4. Interpretação.
5. Pensamento crítico. I. Título

CDD: 869.9

Romance: B869
Teatro: 792.09

Agradecimentos

Agradeço a Deus por permitir este momento. De verso em verso, que o melhor de todos os meus versos — e ainda assim será tão pouco diante das suas maravilhas — diga "Obrigado, Senhor".

Aos meus pais, agradeço; parte de vocês está no homem que hoje sou. Nunca existirão palavras capazes de retribuir tanto amor, tantos cuidados, as noites mal dormidas, o amor incondicional.

À minha querida esposa, Sivonei, agradeço com todo o amor. Imagino quanto deva ser difícil conviver com uma pessoa cheia de manias e que a cada dia amanhece com o humor de um de seus personagens. E mesmo assim... Sempre amorosa, uma guerreira e uma menina, uma mulher e ao mesmo instante uma leoa, sempre defendendo ao meu lado a família maravilhosa que formamos. Obrigado, minha sempre namorada, por todo o seu apoio e compreensão; que seja somente seu este parágrafo, assim como meu amor e respeito.

Aos filhos queridos que Deus me deu, agradecerei todos os dias. Ao Angelo Junior, um exemplo de homem e caráter; às vezes me vejo aprendendo com ele a ser um ser humano cada vez melhor. Amo você, filho querido.

Para a minha filha Caroline Rossi, um modelo de luta e perseverança, tão guerreira, tão forte e ao mesmo tempo tão doce. Não existem duas iguais no mundo, e a mais linda é minha filha.

Se o seu nome não fosse Fernanda Rossi, meu tesouro de nove anos de idade, caçula, você teria que se chamar Alegria, minha vida, minha razão de existir. Nunca poderei descrever, nem a poesia o fará, o amor que eu sinto por você. Para sempre minha princesinha.

Agradeço às minhas irmãs, Angela e Angélica, por todo o amor e cuidado dedicados e aos sobrinhos e sobrinhas simplesmente por serem exatamente quem são.

Agradeço à professora doutora Angela Melo pelas críticas ao livro. Ainda bem que existem pessoas ao nosso redor que nos fazem enxergar que ainda não estamos prontos, que o processo de aprendizado é constante e que na vida as maiores contribuições vêm com aquelas palavras mais difíceis de serem ouvidas. Porém são as mais verdadeiras, e das quais tiramos o melhor aprendizado. Muito obrigado, mesmo.

Para a jornalista Andreia Oliveira Ferreira, por ter lido o livro com tanta atenção, e pelos conselhos, que foram seguidos. Não existem palavras para retribuir, então digo apenas obrigado.

Agradeço ao grupo *Sementes Literárias,* aos amigos que tanto se dedicaram para que esta obra se tornasse linda. Uma parte de cada um de vocês será gravada nas linhas deste romance. Gratidão para sempre, gratidão sem fim.

Agradeço à AVAL — Academia Virtual de Arte Literária, da qual sou acadêmico, e a todos os seus membros. Muito obrigado.

E agradeço à própria vida, que se renova a cada amanhecer, que traz em cada aurora e em cada crepúsculo um novo verso, uma nova esperança, uma nova mensagem de fé, uma nova e maravilhosa poesia.

Angelo Rossi

Prólogo

Muito me honrou o convite que recebi para falar da presente obra literária do escritor Angelo Rossi.

Não sei se sou capaz, mas tomei a liberdade de entrar nessa belíssima história que, no decorrer da leitura, foi me emocionando a cada parágrafo, cada frase, com tanta maestria, que só quem traz na essência esse nobre sentimento é capaz de nos fazer chorar ao final de cada capítulo.

O autor relata claramente sonhos, angústias, conquistas, conflitos, mistérios, e o mais lindo sentimento, que é o amor.

Em linguagem simples e de bom entendimento, o autor fala de momentos entre o mar e a terra, a realidade ou a ficção, em que duas histórias se entrelaçam como uma ampla janela entre Brasil e Portugal. Acreditem, as palavras que contam essa fabulosa história afagam o nosso ego como a brisa marinha penetrando nossos corações.

O que posso eu, uma humilde escritora, dizer desse paranaense que baila com as palavras com a possibilidade incomparável de nos prender em suas histórias?

Não estarei errando ao afirmar que o escritor é um expoente literário, e afirmo que grandes escritores imortais, como Fernando Pessoa e Carlos Drummond de Andrade, teriam orgulho em tê-lo como companheiro de letras e de uma boa prosa.

Angelo Rossi nos presenteia com inspiração narrativa de uma preciosidade que só conhecendo para avaliar. Portanto, caríssimos leitores, se deslumbrem e se permitam ser tocados por essa linda história, com a qual certamente muitos, como eu, irão se identificar.

Finalizo desejando sucesso em mais uma obra de cunho literário que só nos orgulha.

"Ser poeta é viajar nos sonhos, buscar o amor de forma leve, que cative o leitor todos os instantes, sempre e sempre."

Irá Rodrigues, escritora e poetisa

Já está para começar.

Vozes, e depois, mansamente, o silêncio. Aquele que vive por essa arte! Dê agora... o melhor que seu eu tem!

1

Coletiva

Ele navega sobre águas misteriosas, e profundo vão aqueles seus pensamentos. Turvas ideias a descansar sobre o punho fechado. Além de todo aquele cansaço, a sensação mórbida de carregar um elefante em suas costas.

Uma enxaqueca crônica no final da tarde, findar de mais um outono, começo da noite. Morre tão silenciosamente essa tarde em tons de cinza-escuro, enquanto no mesmo parágrafo a gravata de seda bege-clara o está sufocando. Eis aí... a sua cor preferida.

Quem interage com o homem desconhece o sofrimento do escritor. Quem conhece apenas o escritor, julga precocemente.

Desatento! Arrogante! Indiferente! E por aí se vão os adjetivos daqueles que estão sendo enganados por suas conclusões precipitadas. Uma coleção de qualidades miseráveis e outras nem tanto. Isso acontece sempre assim.

Luis Fernando está calado, o escritor em seu mundo solitário e pensativo. Pode ser que seja o fardo daquele dia, ou, talvez, alguma história absurda esteja passando por seu pensamento.

Mas é apenas uma reflexão; claro que irá escrever ao redor desse pensamento. "A realidade é feito um espelho." Medita, sonha acordado o criador de emoções tão falsas quanto reais. Daria o título de um belo livro.

Das linhas derramam! Saltam das páginas esses sentimentos, parecem mesmo vivos quando se lê um texto composto por essa estrela. Mente brilhante!

Luiza Marina, do jornal O Diário, é anunciada, o som da assessora ao microfone o resgata de algum labirinto para aquele ambiente abafado.

O agudo da microfonia tem prazer em alfinetar a sua dor de cabeça. Não existe em seus bolsos um mísero analgésico sequer. — Boa noite, senhor Luis Fernando — diz a repórter um tanto nervosa. — Primeiramente, agradeço pela oportunidade.

Ele olha para a jornalista e sorri. Linda, pensa. Ela é, além de tanto, linda. A repórter tem cabelos claros e curtos, um sorriso encantador, olhos azuis brilhantes. Moça, o botão da sua blusa está desabotoado.

Para quem a conhece melhor, sabe que ela é um encanto de mulher que anda de mãos dadas a uma profissional de limitada competência. Transa ao menos três vezes por semana com mais de um parceiro. Isso seria um comentário machista, se ela não fosse uma dama moderna que não se importa com o que falam da sua vida. Dane-se!

Se de um lado do espelho o rosto se cobre com uma maquiagem leve, do outro ele oculta alguns segredos. O preço pago para chegar até aquele endereço. Estar ali é como cravar a sua bandeira no pico de uma montanha. Ela queria muito. A chuva agora se pode ouvir, seus pingos escorrem pela vidraça. Conseguiu.

Isso nem é da conta deste parágrafo! Não lhe diz respeito, mas convém comentar. As portas de madeiras escuras que a competência não abre, as belas pernas o fazem. Um comentário de índole ruim! Um pensamento de cunho pobre... Mas é uma realidade tão inconveniente quanto real nesse meio.

Mas não se pode esquecer de que estão diante de um escritor famoso. Seus livros são traduzidos em diversos idiomas, e cada lançamento seu precede uma forte estratégia de marketing e especulação. Ele está habituado a ter ao seu redor lindas mulheres.

Quebra-se por um instante o silêncio e ele olha para o lado rapidamente. Alguém com a roupa molhada procura um lugar para sentar-se. Uma mulher com os cabelos escuros presos em um rabo de cavalo traz sobre a jaqueta preta de couro as marcas da chuva fina, gotículas brilhantes d'água fria escorrem, mergulham para o esquecimento.

O findar de uma tarde conturbada, o início de uma noite tão esperada. Essa desatenta possui um objeto de metal dourado no meio dos peitos e outro maior preso à cintura.

Luis Fernando franze a testa, balança a cabeça e leva as mãos ao rosto.
— Não é possível... — sussurra um grito.

Precede a exaustão e o mau humor! Um homem em seu limite máximo de paciência. Se de um lado parece antipático, do outro se esforça e quase sorri. É que ele vive demais as emoções de seus personagens, divaga por mares obscuros e de difícil volta.

As estrelas tendem a ser assim, um tanto quanto problemáticas! Quanto mais brilho tem o diamante, maior é o seu valor, ele apenas não está em um dos seus melhores dias.

Mas eles já chegaram às dezenove horas e quinze minutos. Um final de estação semelhante ao meio do inverno. Ali, o calor de tantas pessoas aquece o ambiente, lá fora um vento gelado aguarda pela primeira vítima que sair.

Logo à frente, mais precisamente às vinte e uma horas, será o lançamento oficial do livro. Não houve tempo para uma xícara de café, deve ser esse também o motivo de sua dor de cabeça.

— Senhor Luis Fernando. É a primeira pergunta — avisa a sua assessora. Sua sombra.

— "Alnilam, O Castigo de uma Estrela." O que podemos esperar desta vez, já que suas obras não se parecem em nada uma com a outra? O senhor não tem um perfil literário definido; parece mesmo que são diversos escritores em uma só pessoa. Como o próprio autor se define?

A repórter sorri. Veja só... Decorou aquelas palavras uma a uma em uma sincronia perfeita! Está feliz por ter feito a pergunta sem esquecer suas ordens. Repetiu o trabalho de uma colega mais capacitada e menos atraente.

— É apenas um livro! — responde, e balança a cabeça novamente. É que ficou um silêncio pelo ambiente. Ou faltou pergunta, ou sobrou talento. Desapareceu a modéstia, enquanto ele parece debochar da moça.

— É um romance? — insiste a repórter.

— Um encontro, Luiza — responde o inventor de sentimentos. Não tem nada lá... É só mais um livro, e se existe algo mais, eu acho que vai ter que descobrir sozinha.

Que arrogante!, pensa aquela mulher, que acabou chegando atrasada.

— Mas encontros nem sempre acontecem conforme planejado, não é mesmo, Luiza Marina? — continuou o autor. — Existem os desencontros, as esquinas escuras. Chove quando deveria fazer sol, os erros acontecem de forma involuntária — conclui e sorri.

Parece que deixou todos na mesma. Faz um ar de mistério. Os intelectuais dirão que entenderam; sem sombra de dúvida essa é sua característica marcante.

São palavras que remetem a significados que se encontrarão em meio às páginas. O todo está fragmentado, e do quadro completo ele entregará apenas algumas peças coloridas — o restante caberá à interpretação do seu leitor. Só isso.

— Senhor Luis Fernando — insiste a repórter — minha pergunta continua sem resposta, não é mesmo?

— Sim — responde o autor. Suspira. — Desculpe, senhorita.

Ele interrompe sua resposta e observa a repórter. Ela está visivelmente tensa. Ele... Bem, poderia tirar seus sapatos e pôr os pés sobre a mesa, tamanha é a importância que tem para ele aquela coletiva. Nenhuma!

— Por que você tem dois nomes? — pergunta o autor, surpreendentemente, como se ela fosse a entrevistada. — Parecem duas pessoas diferentes em uma, não é mesmo? Então parece que temos algo em comum.

Ela sorri, e pelo salão quase sem luz se ouvem alguns risos. Com tão pouco ele arranca toneladas do semblante da pobre repórter. Ela cruza suas pernas e voluntariamente mostra suas coxas.

— Se eu lhe contar tudo o que quer saber — continua — se eu responder a todas as suas perguntas, não vai comprar o livro, não é mesmo?

Ela tem um lindo brilho nos olhos. Sua secretária chama o próximo repórter. Foi mais frustrante que uma realização. Seus minutos de fama estão acabando, e a cada segundo eles se atrasam um tanto mais para o lançamento da obra.

— Tenho mais uma pergunta! Tenho mais uma pergunta!

A assessora interrompe a profissional, e o escritor faz um sinal discreto, respondido com um piscar de olhos. Quanto aquela mulher fala em um gesto tão simples! Um olhar e um sorriso, o jeito dado nos cabelos, a forma que cruzou e descruzou aquelas pernas. Um sim ao convite feito. Dispensam-se as palavras. A sedução.

Existem mesmo os bastidores da vida e da fama, a existência imitando a arte. A realidade não foge à regra! Ainda na mesma noite, ele a terá em sua cama, com algumas doses de uísque importado e uma meia-luz rubra. Esse é o desejo de ambos, sexo ao som de uma doce música clássica.

II

Lançamento oficial do livro

Não foram todas as pessoas que puderam obter o convite. O valor pertinente ao jantar e o livro autografado, esses jamais se justificarão. Um luxo atípico para esse perfil de evento.

Mesas redondas com finos cristais, lustres com pequenas lâmpadas amarelas pendurados no teto rebaixado de gesso branco. Velas que serão acesas quando o brilho das luzes se calarem. Tudo com extremo cuidado preparado.

Tão óbvio que a escolha apropriada seria uma boa livraria! Uma modesta sessão de autógrafos, uma pequena mesa redonda, fotos com o autor, o leitor deslumbrado exibindo a capa do romance. Talvez até uma coletiva.

Mas parece que dessa vez ele quis se reinventar. Deixe que transborde a ostentação de um homem. O que dirão os críticos? Quem realmente se importa com isso?

Algumas pétalas de rosas vermelhas foram esquecidas ao redor dos pratos de porcelana, cada mesa com seis lugares, e em cada lugar um guardanapo dobrado com as iniciais do autor. Mais uma de suas extravagâncias, um desfile de exageros personalizados junto aos talheres de prata.

Existe uma mesa no canto de onde se pode ver todo o ambiente, reservada para ele e sua equipe. Alguns, obviamente! Não todos.

A pedido dele foi colocado um lugar a mais: parece que a linda repórter irá jantar também. Convidada de última hora, seu expediente se estenderá após as formalidades. Parece casual! Quão perigosas e afiadas estão suas unhas. Dissimulada quando quer... Que importa o preço a ser pago? Planejou cada passo até ali, Luiza Marina.

Em um dos cantos do salão existe um palco no qual quatro músicos e seus violinos fazem aquele ambiente flutuar. São músicas clássicas, notas suaves executadas harmoniosamente, melodias escolhidas por sua assessora. Mozart, Beethoven, entre outros, o seu gosto é atendido, enquanto os convidados se espalham pelo salão.

Luis Fernando será o último a chegar. Tudo tão previsível quanto ensaiado pelo cerimonial. Aquelas pessoas pagaram caro para aplaudir de pé o famoso escritor. Elas não estão preocupadas com o cardápio da noite, e nem são assim apaixonadas pela literatura.

Na verdade nem estão com fome! A maior parte se importa mesmo é com as roupas e as fotos da coluna social, as primeiras páginas dos jornais. É o glamour! O luxo, as joias cujos valores precisam ser ditos nas conversas, os vestidos, as viagens e as grifes.

Aquilo mais parece um concurso, um desfile. O supérfluo precisa ser derramado junto com a espuma das taças de cristal. Não conseguem gastar mais do que ganham, nem comer o que se põe na mesa.

As sobras daqueles pratos ao final de tanto seria um jantar inesquecível para alguns, e esses dormirão a poucos metros daquele ambiente carregado de tanta pompa. Malditos voadores em torno do brilho perdidos! Moram tão próximos e ao mesmo tempo tão distantes. A riqueza e a miséria.

Mas nem tudo naquele salão pode ser definido como extravagante. É que em um daqueles lugares uma bela mulher se senta mesmo sem ter sido convidada. Suas botas estão sujas de barro por causa da chuva que ainda está caindo. Ela não usa roupas de grife, seu relógio não é importado e nem custa caro; na verdade, observando melhor, o vidro está trincado.

Calça preta colada ao quadril. Os cabelos também são escuros e brilhantes, ela ainda nem tomou seu banho e não jantará daquela comida, por não possuir convite. Mas com certeza permanecerá até o final do evento. Ela tem sede! Mas não da bebida que aquelas bocas provam. Essa mulher não será percebida.

Mesmo sem usar as roupas adequadas para a ocasião, ela não poderá ser barrada. Não está ansiosa para o começo daquela baboseira e nem gostaria de estar naquele lugar com toda aquela gente.

Tão requintados, pensa a dama de escuro. Acham mesmo que são os tais, mas não devem saber limpar a própria bunda. Talvez até tenham um serviçal que o faça, já que são tão ricos.

É que em sua cintura tem uma pistola ponto quarenta carregada. Na bolsa, além do batom, um espelho que, assim como o vidro do relógio, também está partido. Dois pentes carregados de munição, celular, outras coisas que não se pode confidenciar e uma algema suja com a pele de algum vagabundo.

Ela é uma policial federal. Seu distintivo dourado brilhante está pendurado no pescoço, escondido em meio aos seus peitos empinados por 320 ml de silicone.

Mulher alta, cabelos longos, acostumada a cantadas, acostumada também a enquadrar muitos desatentos que se arrependem rapidinho pelas palavras dirigidas à fera. Elogios baratos à bela bunda e aos olhos brilhantes.

Alexandra Souto. Mas atende aos colegas somente pelo sobrenome. Um ambiente dominado pelos homens, pela força. O assédio é livre, a impunidade também. Mas quem vai ser idiota de se meter com ela?

Onde já se viu ser uma policial?, dizia a mãe quando ela ainda era uma adolescente e o que agora vive era uma quimera. Não teve mesmo jeito, a menina seguiu seu destino.

Em quantas ocasiões encostou seu distintivo na testa de homens muito maiores do que ela? Se sua conta bancária, ao contrário daquelas pessoas, vive no vermelho, ela possui algo de que não se pode dimensionar o valor: sua integridade.

Ah, é preciso dizer!... Seu coração não tem dono, seu corpo também não. Ela vive um relacionamento conturbado com um psiquiatra que a atende semanalmente. Se de um lado lhe presta algum serviço ouvindo-a e receitando alguns antidepressivos, do outro sacia sua sede de sexo. Uma mulher solitária, uma caçadora solitária e perigosa.

O maître enxerga aquela dama sentada sozinha em uma mesa ao canto. Ordena ao garçom que lhe faça um prato modesto e uma taça de vinho de médio valor. Ele o faz e leva até a mesa.

Tão cheio o cristal brilhante, transborda ao encostar na toalha clara e provoca uma mancha que se espalha lentamente pela fibra do tecido, enquanto a penetra, é conduzida a terríveis lembranças. É que para salvar a sua vida ela já tirou algumas.

— É por conta da casa — diz aquele jovem que a serve delicadamente, indiferente ao pesadelo e ao descuido.

Ela agradece, come, mas não tomará a bebida. Apenas um pouco de água. Está trabalhando.

Ao final, quando todos foram atendidos, ela se aproxima da mesa onde Luis Fernando se prepara para sair com aquela repórter. Por baixo da toalha de seda clara ele já passou a mão por suas coxas algumas vezes. A policial já percebeu o clima de sedução entre os dois, mas isso não é da sua conta.

— Boa noite. Poderia autografar, por favor?

Ela traz um livro antigo, "Inimigo Íntimo". Não foi um dos melhores daquele autor.

— Página setenta e três, por favor!

Ele solta a caneta e com a cabeça baixa a olha por cima dos óculos. Sua fisionomia é muda, misteriosa, não revela emoção alguma.

— Qual o seu nome? — pergunta o homenageado da noite.

— Alexandra Souto.

— Como conseguiu entrar aqui, moça?

Ela sorri, está habituada a situações adversas.

— Sou uma fã, amigo, apenas isso. Tem algum problema em autografar um livro antigo? O senhor ficou nervoso?

— Não iria gostar de me ver nervoso. Não fico bem.

— É mesmo? — uma pergunta e uma gota de ironia. — Por quê? — insiste a policial. Ele se calou por alguns segundos. Colocou seus óculos sobre o livro e coçou os olhos.

— Tem uma aspirina?

— Eu? Pior que tenho mesmo! Deixa eu ver...

Abre a bolsa. Na cartela ainda restam três comprimidos.

— Fique com todas! — diz a policial. — Nunca se sabe quando será a próxima dor de cabeça. Não é mesmo, amigo?

— E algumas têm nome... — responde Luis Fernando, em um tom mais baixo — e até sobrenome. Obrigado.

— Não tem de quê. E agora? Pode autografar o livro?... Por favor.

— Sim, claro — responde, já com a caneta na mão.

— Considere uma troca! Desta vez estamos quites — completa a agente.

Um olho no escritor bajulado, o outro para aquela franga raivosa que está com a calcinha na altura dos joelhos. Uma química peculiar, acontece quando duas mulheres que nunca se viram antes realmente não se gostam. Chama-se ódio à primeira vista.

Ele a atende, na página setenta e três, conforme pediu. Já engoliu o comprimido, já degustou também algumas gotas daquela petulância. Engole tudo com o champanhe.

E escreve com uma letra quase ilegível. São palavras carinhosas. Palavras não são sentimentos, são falsas! pensa a policial. Mas os olhos não... os olhos revelam segredos muito bem escondidos.

Existe um enigma naquele homem. Ela se arrepia ao ler a dedicatória e olhar para ele. *Com carinho à minha fã misteriosa.* Escreveu com caneta preta. *Um abraço meu.* Outro apertado de John.

John é o personagem principal daquela obra. Um assassino frio e estratégico. Abaixo, antes de assinar, ele esqueceu de propósito um recadinho. *Jantar comigo?*

— Eu adoraria — sussurra, procurando dentro daqueles olhos castanhos opacos algum sentimento. Não há! Mas não perdeu a oportunidade de provocar aquela branquela.

— Leve este também, Alexandra, um presente meu. Vou autografar na próxima vez que nos encontrarmos, já que você não precisa de convite... não é mesmo?

— Não preciso de convites, senhor Luis Fernando — responde para que ambos ouçam. — Janto, sim, com o senhor, se na ocasião me ajudar a entender a página setenta e três. Parece que existe algum tipo de mistério lá, não é mesmo? Por enquanto, considere uma troca! Que tal?

Luiza Marina respira fundo. Parece irada, afinal, aquele safado está levando uma para casa e cantando a outra. Aquilo seriam gotas de ciúme?

— Vou esperar — respondeu o autor, indiferente ao incômodo da repórter. Um breve gole, mais uma taça daquela bebida. Remédios e álcool.

Quantos mililitros de cinismo cabem em uma noite?

Ela apanhou o livro autografado e o lançamento também. Título esquisito, pensou. "Alnilam, o Castigo de uma Estrela". Estava saindo de mãos vazias. Não encontrou o que veio buscar, um a zero para aquele infeliz! Arrogante! Filho da puta! Mas ele é bonito.

Antes de sair olhou para trás. Piscou e sorriu enquanto ajeitava a pistola por baixo da jaqueta de couro. Mulher perigosa, ela realmente podia enganar aquele salão inteiro, sorrir e ao mesmo tempo chorar por baixo dos óculos escuros.

III

Décimo terceiro distrito policial

Um buquê de rosas vermelhas molhadas. Aquele perfume doce está invadindo todo o departamento. As espigas de trigo amarelas em meio ao rubro das pétalas dão um contraste ao embrulho. Um laço dourado se esparramando sobre a mesa escura se pendura até quase tocar no chão.

Tem uma caixa de chocolates importados em meio ao presente, um envelope pequeno, e dentro um bilhete perfumado cuidadosamente dobrado em quatro partes. Palavras de roupa azul que tentam expressar sentimentos.

É só o aroma das flores! Tão lindas... Tão novas para perecerem daquele jeito. Que breve a existência! Ali, morrendo sem pressa, elas exalam um perfume delicioso, e no derradeiro dos seus suspiros, até parecem mesmo que guardaram a melhor fragrância para a última de suas manhãs.

Um tanto desse aroma está se derramando, outro tanto retornou nas mãos do desatento entregador.

Quanta ousadia desse dia! Feito pudesse mesmo, em meio a distintivos e armas de fogo, vagabundos pra todo lado, um ato romântico. Que quebra de protocolo! Pobre rotina afrontada dentro de casa, por pouco nem parece que estão em uma delegacia de polícia.

O vai e vem dos agentes e civis retratam uma típica segunda-feira de uma cidade violenta. Um escrivão tomando o depoimento de uma senhora que teve a bolsa roubada por um marginal. Mais um caso de homicídio na Barra, o tráfico não cansa de ceifar vidas inocentes.

Uma denúncia de roubo de carro, o marido enciumado meteu a mão na cara do patrão da esposa. Ah! Só porque eles estavam em um motel. A carteira foi roubada dentro de um metrô lotado, uma discussão tão banal e uma arma branca foram o suficiente para pôr um fim à vida tão jovem.

Outras coisas piores chegarão até o final do expediente. Afinal, não são nem dez horas da manhã. E se não bastasse... Essa maldita poesia.

Que sejam teus desejos meus castigos!
De dia eu lhe entregarei o sol
Na noite eu a conduzirei às estrelas
No silêncio da madrugada, flores.

Sãos tuas!
Despetaladas, todas... Nuas
São teus olhos das galáxias as mais lindas
Teu sorriso o amanhecer de mais um dia.

Sol do alvorecer no horizonte sangrando
Ah, pobre de mim! Ah, pobre de mim!
Um escravo vendido, rendido aos teus pés!
Nos seus passos, meu fado, me abraço.

Que seja teu corpo meu destino... Meu laço!
Se do meu oceano... For as marés.

Luis Fernando

Ela leu duas vezes o bilhete, dobrou novamente com todo o cuidado e o colocou no bolso da jaqueta. O chocolate, alcançou ao colega na mesa ao lado; quanto às rosas, tão lindas, que destino cruel! Ficaram sobrando para fora da lata de lixo; mas ela guardou a poesia.

Quão contrários são! O perfume, o barulho dos carros que entra pela janela. Tem um cheiro de mofo aquele ambiente, o fedor de cigarros fumados no dia anterior, bitucas de vício a mofar sobre o cinzeiro da mesa ao lado, um tapete impregnado de sujeira.

— Souto! — Um grito, uma voz muito conhecida. — Souto, vem! A agente suspira alto.

Um corredor e uma sala com a porta entreaberta. O cheiro do cachimbo deixa impregnado no ambiente um ar doentio. O ar condicionado barulhento faz o lugar parecer mais gelado. Como pode alguém manter-se saudável em um ambiente desses?

O imóvel é velho, a mobília também, as janelas estão sempre fechadas. Por quê? O gabinete que já é pequeno fica ainda mais escuro! Paira por todo o distrito uma energia pesada, negativa. Boas pessoas não circulam por aquele lugar.

Do subsolo destinado à detenção provisória se escutam os choros dos vagabundos. São valentes da porta para fora... Ah, quando caem ali!... Não tem muita conversa, não. Revelam-se verdadeiras meninas.

Os direitos são lidos no momento da prisão. Um advogado, um telefonema. Mas isso não passa de uma formalidade, se for filho de bacana tem que aliviar, mas se for vagabundo, aí o couro come mesmo.

O Código Penal é um livro! Aquilo que orienta nem sempre se torna uma regra seguida. E as regras... bem, elas existem para serem quebradas.

O estatuto é colocado para fora quando a raiva leveda, a justiça tem mesmo seus olhos vendados e não contará nada no momento em que a ira alheia for descarregada. Isso nunca foi e nem será uma conduta correta.

Ela entra, a porta continua entreaberta, mas não se senta. Está nervosa porque já conhece todo o discurso que vai escutar. Profissionais cobrados, suas reputações são manchadas pelos próprios colegas de ofício.

Quantas pessoas se sentem com medo quando chega a polícia, quando na verdade deveria ser o contrário! De quem é a culpa?

Mas é que existem denúncias! Muitas! Envolvimento com o tráfico, crimes de corrupção, milícias. As disputas por pontos de venda de drogas na cidade às vezes envolvem alguns colegas.

Tem policial filho da puta que recebe comissão para cada vida arruinada. A corregedoria cai matando, ninguém é santo, não! Ou acabam escapando, na maior parte dos casos, ou acabam mortos pelo fogo amigo.

Mas existem, sim, os distintivos dourados que não se mancham de modo algum; alguns juramentos jamais serão quebrados ainda que custe a própria vida.

Alexandra Souto é um desses casos. Ela sabe onde está pisando, não tem medo. Deveria! Ou pelo menos cuidado, mas não tem.

— E então, como foi o seu jantar ontem à noite? Foi romântico? Eu acho que foi bom, porque o distrito inteiro está comentando. Caixa de bombons, Souto? — grita o tenente.

— Ei, Souto!... Fecha a porta. — Ela faz de conta que não escuta porque o cheiro daquele tabaco é horrível. — Fecha a porra da porta!

Água com gás, dois paracetamóis de 750 mg e um cigarro, um gole e o desabafo. A porta continuou aberta.

— Eu estou ficando velho, sabe? Eu não tenho mais jeito pra isso, tá me ouvindo? Quando estou saindo de casa... Alexandra, eu faço de conta que estou indo para um sítio. Quero comprar um sítio... eu quero! A minha dor de cabeça começa aqui na porta deste distrito, quando não tenho mais como mentir.

Ele se levanta, atravessa o corredor, não demora mais que dez minutos e retorna com alguns papéis na mão. São e-mails.

— Quer que eu leia pra você? Você tem ideia da pressão que é sentar ali? — E aponta para a sua cadeira.

— Sinto muito pelo seu dia.

— O quê? — pergunta o seu superior. Ele está irritadíssimo como em todas as manhãs. — Sente, é?

— Não está fácil pra mim também, tenente.

— Tem hora que eu não sei o que fazer, sabe? — diz aquele homem cansado em plena manhã de segunda-feira.

— Pega leve aí, amigo! — diz Alexandra. — Olha a sua saúde.

— Do que você está falando, Souto? Onde estamos? Estamos no cinema, será? Qual é o filme pra hoje, Souto? Vamos, me diz como eu respondo esses filhos da puta. Pensam que tenho uma bola de cristal no meio das pernas!

— Quer saber? — diz a agente. — Manda tomar no cu, tenente! Foda-se! Não dá pra resolver tudo assim, no grito!

Ele pensou um pouco.

— Sei que tem o seu lado de razão — respondeu. — Mas eu não posso fazer isso! Realmente não consigo.

Ele passa a ler os e-mails como se a policial não estivesse em sua sala. Baixo. Apenas com os olhos, e vai soltando um a um sobre a mesa.

— Eu quero que você largue esse caso... Sinceramente! Isso não está cheirando bem. Ele agora manda flores pra você? Chocolate? Esse filho da puta não sabe que isto aqui é um distrito? Que caralho, meu! Sujeito abusado!

Ela não responde. Silêncio. Apenas o encara, retira a pistola e o distintivo e coloca sobre a mesa de madeira escura. Esse móvel é mais antigo que ela.

— Não vou abandonar esse caso. Não vou! É ele, e eu vou pegá-lo. É tudo ou nada, tenente! Se estou fora, eu vou fazer outra coisa da minha vida. Vou pra puta que pariu! Tô nem aí.

Um jogo! Não se deve acreditar em uma mulher linda como aquela, ainda mais sendo uma policial.

Ele abaixa a cabeça e mete a mão por entre os cabelos. Lá na avenida o barulho de uma freada. O som da batida. Parece que alguém teve prejuízo. Esse arrulho de pombo na cabeça o dia inteiro enlouquece qualquer um.

Depois ele se levanta e fecha a porta com força. Souto escuta. Senta-se novamente na cadeira marrom.

— Eu a conheço desde que você era uma menina e vinha aqui com seu pai. Ele era um bom policial. Eu não me engano, tem algo errado aí nesse caso. Tá muito óbvio! Eu vou intimá-lo para depor e você cai fora. Pronto!

— Tenente, espera só mais um pouco — pede a agente. — Deixa comigo! Do meu jeito! Tô te pedindo.

— Souto... — sussurra seu superior.

— Tô quase lá, meu! Caramba! Não me tira do caso, por favor!

Ele pensou. Acendeu mais um cigarro, soltou pelo ar aquela fumaça esbranquiçada como se o ambiente já não estivesse carregado o bastante.

— Você tem duas semanas, entendeu? Duas semanas. Ou vai sair fora. Eu quero um policial nesse caso, um homem.

— Essa vou fingir que não ouvi — respondeu Alexandra.

Ela falou, engoliu a frase machista, engoliu o ar com sabor de tabaco, levantou-se e saiu batendo a porta com força.

— O que está acontecendo com a minha autoridade? Sussurrou para o seu tédio. Pensou em sua aposentadoria, no sítio e em uma lagoa. Muitas tilápias, carpas coloridas e um cachorro perdigueiro obediente. O cachorro que se chamará Capitão, um cavalo atenderá por Mocotó, e uma vaquinha de leite ainda sem nome.

Não é real! É apenas um sonho. Não devem fazer muitos planos aqueles que enfrentam o crime organizado, o tráfico e tantos outros perigos.

Quanto à insubordinação da policial... Bem, ele realmente a conhece desde criança. Seu pai era, sim, um ótimo investigador. Morreu em um confronto armado enquanto ele segurava sua cabeça tentando mantê-lo acordado. Mas ela não fala no pai, nem uma palavra sequer.

Deve haver um motivo muito forte para esse comportamento. Apenas expressa um sentimento de ira, revolta, algo imperdoável!

Talvez ele nunca descubra o motivo desses sentimentos aflorarem em seus olhos, assim como ela nunca saberá que reprovou no teste para ingressar na polícia. Mas queria tanto, então uma canetada resolveu. Existem crimes bem piores que esse.

Horas depois, no pequeno apartamento, após tomar um banho, a agente se deita em sua cama. Pensamentos, sentimentos sem explicação. Ela não dormirá sozinha.

Nunca é uma noite de sono perfeita. Tem pesadelos, e fala enquanto dorme o que esconde no decorrer do seu dia. Para essa madrugada gelada seus problemas lhe farão companhia. Na bolsa o livro autografado, a obra nova também.

Vai ter que ler, sim! — grita sua intuição profissional, contrariando seu cansaço. Conflitos que precedem uma extrema irritação. Precisa relaxar um pouco. A tensão das últimas horas de um dia extremamente pesado estava sentada à beira do colchão de molas.

No quarto escuro, uma música. Alguns goles de uísque. Um clima, um creme corporal perfumado e um cenário imperfeito para uma cena amorosa. Feito fosse mesmo! É que a bela tem um pequeno brinquedo escondido.

Antes de tornar ao trabalho, ou seja, ler o que aquele maldito escreve, ela tem pensamentos impróprios. Um gemido alto. Afinal ela está sozinha, um orgasmo tão solitário quanto delicioso.

Depois ela mergulha nos mistérios da mente daquele que acredita ser um psicopata tão doentio quanto filho da puta.

4
Por Arthur de Monsaraz

Portugal, abril de 1580, primavera.

Uma policial e um romance. Abrem-se o livro e a aventura.

I Ato.

O nome do menino era Arthur de Monsaraz. A menina se chamava Alnilam de Órion. Ela é uma legítima princesa, a primeira filha do casal real, e também a estrela central do cinturão do caçador de constelações.

Quem olhar para o céu em noite clara poderá identificar facilmente as três estrelas perfeitamente enfileiradas mais conhecidas como As Três Marias: Mintaka, Alnilam e Alnitak. Nomes árabes: o cinto, a pérola, a corda.

Segundo a mitologia grega, o caçador Órion foi morto acidentalmente por sua amada, que, ao dar-se conta do terrível erro, colocou-o em uma constelação para que ele brilhasse para sempre e jamais fosse esquecido. Um romance desenhado no universo e que pode ser visto a olho nu.

Para o livro, Alnilam é uma princesa que por um terrível encanto foi transformada em uma estrela. Por ela, por seu amor infinito que se arrasta por todo o universo, e também pelo jovem Arthur, filho de agricultores. Quão inconsequente afeto! Esse romance, por essas meras linhas é escrito.

Por Arthur de Monsaraz e por Alnilam de Órion

Contarei então.

Nas noites de lua clara poderão testemunhar.
Por tantos mundos se procuram, na ânsia de se encontrar. Um cometa condenado e uma linda estrela azul.
Já era escrito assim! Estava em suas rotas. Quis o destino! Viajantes do espaço-tempo.
Digam...
O universo tem fim?

Adolescentes por tanto amor separados! Infelizes amantes de tanto afeto perdido
Por um terrível encanto eles foram transformados
Pelas galáxias duas estrelas em sentidos opostos
Não poderão se juntar... jamais!

Enquanto uma se atrasa, vestida de azul!
Arrastando pelas estrelas um véu de luz clareante
Noiva tola e apaixonada. Seu próprio afeto a está sufocando
Miserável do espaço amante
Ele chega cedo demais!

Quanto custará esse encontro à velocidade da luz?
Aos inocentes olhos, que da terra admiram os brilhos no céu
Um estrondo! Um clarão que espalha.
Uma chuva brilhante. A beleza que seduz!

Por sofrerem do amor.
Se querem tanto assim
Que suportem a dor!
E que comece então...
O fim!

5

Em terras portuguesas

Na terra de Portugal, a leste de Lisboa. Monsaraz!

Novembro de 1580.

À sombra do castelo moram as pedras que ao vento assobiam! Mudas e cúmplices testemunhas! Juntas! Condenadas a verem o vai e vem das estações. O gelo se formando e morrendo com a chegada da primavera. As margaridas desabrochando para durarem até o próximo outono.

Essas pedras formam a grande muralha que hoje cirandam as pequenas casas do vilarejo. Uma freguesia portuguesa do Concelho de Reguengos de Monsaraz, na região do Alentejo, em Portugal. Outrora essas mesmas pedras o fizeram a um infinito sentimento, maior que o próprio universo.

Mas não se iludam! Por mais que a elas supliquem! Embora essas saibam... Em vão o desperdício dos tempos, essas jamais contarão.

Fiéis guardiãs do segredo. A história é tão bem protegida! Não se deve pronunciá-la, tamanho o mistério que a cerca. Fadada ao esquecimento! Adverte a prudência... Não fosse essa obra desobediente aberta.

Feito as margaridas daqueles campos dispersas, coloridas e amontoadas, essas, tanto as pequenas flores como a obra literária, desafiam o entendimento e a lógica.

Assim também o faz o romance que descansa sobre as mãos da moça. Pobre daquele que por aqui adentrar calçado pela razão. "Pois que durma então de mãos dadas a ela, e se retire enquanto é possível!", decreta Sua Alteza, a rainha.

Os segredos dessa lenda também se derramam pelos detalhes dispersos em cada pedaço de rocha daquele lugar. Quase que imperceptíveis aos olhos que desconhecem. Bem passariam por acasos! Nem seriam percebidos. Boatos sem importância alguma... Mas não são!

Há verdades dentro da fantasia. Cabe a dúvida ante a perplexidade. A certeza gerada no ventre da própria incerteza. Quão notável se faz a semelhança! A fantasia de mãos dadas à realidade. Cabe até quem quiser, cabe até quem puder... acreditar.

É que num certo dia, exatamente nesse lugar, entendeu o universo e sua força, seus mundos mais distantes, seus remotos e abstratos precipícios sem fundo e sem luz... E de alguma mágica forma... Ele o fez!

A Arthur de Monsaraz e Alnilam de Órion, uma segunda chance foi concedida pela ordem das estrelas. Mesmo sendo impossível de compreender pela ótica da lógica, a esses foi concedida a chance de provarem a intensidade dos seus afetos.

O primeiro dia na vida de Arthur

Na aldeia de baixo, às portas de Monsaraz, em uma casinha muito simples de madeira, onde o sol entra pelo vão das telhas ao amanhecer, e a chuva quando vem escorre pelos mesmos buracos, gotejando no piso de chão batido, mora um casal de agricultores de meia-idade.

Nesse humilde palco... Tão simples, tão mágico, e tão pobre, em uma tarde chuvosa, em um berço modesto, e sobre um colchão magro de palhas, nasceu o pequeno Arthur.

E sobre as mãos trêmulas do pai, sua primeira visão, já que não tinham sequer uma parteira naquele instante, repousou o seu primeiro choro.

E choraram juntos! O pai, agricultor, cabelos grisalhos pelo tempo e pelo sofrimento, e a criança nua e suja nas mãos. Porque o mais sublime dos sentimentos os envolvia como um cobertor macio, e porque os mais nobres dos afetos, que tendem a morar nos endereços mais humildes, os abraçavam.

O pai chorava segurando o primeiro filho, esquecendo-se do medo de como faria para protegê-lo numa vida de recursos tão limitados. O pequeno o fazia de frio, e pela dor que lhe causava o ar entrando pela primeira vez nos pulmões.

E antes que aquela tarde acinzentada se apagasse por completo, Arthur já estava grudado aos peitos da mãe. Dessa doravante viria o amor incondicional, a proteção, os primeiros passos, as primeiras palavras, o melhor sorriso, o carinho antes do sono, assim como o leite quente de que ele precisava tanto. Era a vida em pessoa se doando.

A mulher, por sua vez, o abraçava e beijava com infinita delicadeza, e lhe cantava com a voz doce uma antiga canção que falava sobre a riqueza da simplicidade. O pequeno, ao ouvir a voz da mãe, olhava-a com tanto mistério, como se fosse possível que ele a reconhecesse.

E as suas vidas, astros brilhantes, desde então, iam girando ao redor da existência daquele pequeno. O trabalho era dobrado, as noites mal dormidas, o esforço para que aquele fruto vingasse sobre uma terra tão difícil. Tanto feito com tanto amor.

No campo, a enxada cravada sobre a pele da terra. O ferro à força revelando suas entranhas e sua fertilidade. No pequeno cesto, à sombra dos galhos de uma amoreira, como uma garoa tão fina, tão mansa, a poeira vermelha ia aos poucos se assentando.

E ali dormia o menino Arthur, ao lado dos seus pais, enquanto os panos que o envolviam iam se tornando, feito a cor daquele chão, cada vez mais rubros.

O suor salgado era bebido involuntariamente pelo casal, e as bolhas de sangue nas mãos eram esquecidas, e à fivela do cinto que ficava mais largo se fazia um furo a mais. Era a única saída.

E eles conseguiriam, porque esses eram os seus destinos já escritos. Atores fantásticos dessa peça teatral denominada Vida, enquanto as estações iam e vinham e o pequeno crescia em alegria e inteligência.

Arthur tinha duas irmãs. Uma que se chamava Esperança, e a outra que tinha o nome de Liberdade. Valiosas metáforas, lições de vida, os valores passados de pai para filho. Uma fábula repleta de significados. O maior legado, o bem mais valioso, o caráter, a importância de não as perder de modo algum. O romance há de explicar melhor.

E para que o alimento chegasse à mesa, eles plantavam de sol a sol e contavam com os mistérios do céu. Chuva no tempo e quantidade apropriados. Que viesse do infinito regando aqueles campos tão cheios de sonhos e pedidos, saciando a sede da terra nos tempos certos, levando a fertilidade pelas sendas, fazendo as sementes dar flores e dessas o alimento de que tanto precisavam.

Mas as fábulas não possuem somente finais felizes. As tristes são as que mais se aproximam da realidade. E ao menino ensinaram que a fome também podia ser partilhada. A lição mais dura de aprender.

Em alguns capítulos, sobre aquele palco, sobre o prato branco vazio de louça, podia ver-se o próprio rosto molhado de silêncio e desespero. Era a vez de perder a sua fome, um gesto de puro amor, pela fome de quem se amava tanto.

Mas aquilo que não os matou, mais fortes os tornou. Eis a sabedoria simples em forma de um consolo. É que um céu escuro de aparência enfurecida poderia ser sinônimo de vida! Pintado de um azul anil tão belo, os deixaria à própria sorte, espalhando às sementes que nem haviam brotado ainda a sede e a morte.

6

A chegada da estrela azul

Entre a madrugada e o alvorecer, entre o brilho das estrelas e os primeiros raios do sol.

O sol nasce ao norte por trás das montanhas. Primeiro, incendeia as janelas do quarto principal, que tem cortinas vermelhas de renda cujas pontas feito cachoeiras descansam no chão de ardósia escura.

Depois, cada vez mais, após esse belo espetáculo diário, ele abraça e aquece sua doce namorada que atende pelo nome de manhã.

Pelo interior desse aposento, através das frestas de madeira vermelha, após a escuridão da madrugada, um risco laranja avermelhado se desenha por baixo das portas. Desejado visitante, aos poucos acrescenta ao aposento um tom mais claro.

Eis o romper de mais uma aurora! Eis o pago por tanto esforço. Ah, esse sol! Exibe um desenho perfeito pintado em tons laranja-escuros. Uma obra de arte maravilhosa desse que vem do outro lado do mundo, vencendo novamente a escuridão da noite findada. Eis a madrugada sendo desvirginada lentamente, ao som peculiar daquele amanhecer.

É um quarto de nobre! Sim, um aposento sempre fechado, cujas chaves são mais bem guardadas que o próprio castelo. Segredos descansam no interior de muros tão altos. A tristeza, assim como Sua Majestade, ali dorme prisioneira.

Uma verdadeira masmorra decorada com tapetes e cortinas de fino gosto. Embora não se pareça com uma. É que o choro da noite anterior tem seu cheiro, e esse tipo de cheiro fica ali impregnado pelos móveis, escondidos nos cantos mais escuros, e dormem um sono leve ao remanso das tapeçarias. A tristeza tem seu aroma! A própria desilusão tem sua flagrância singular.

É que nesse quarto vive a rainha. Pobre mulher rainha. Condenada sem nunca ser uma condenada! Mas é que contam os corredores escuros, com seus quadros mortos, que em uma noite de lua minguante tentou, a própria, com as mãos que deveriam acariciar, proteger, aquecer, tirar a vida do seu amado rei.

Mas por quê? A pergunta que se fazia em meio à criadagem sempre ao pé dos ouvidos. Se o amava tanto? Se o queria com todas as suas forças? Se o desejava demais?

Fora um romance tão lindo! Acrescentam os mais ousados. De tão perfeito, eis que imperfeito se tornou. Tantas vezes em tantas auroras, apreciando o nascer do sol, o rei sentado à sacada não se fez esse mesmo questionamento?

Não se conta tanto desse romance a plebe! Poucos se arriscam. Eis que o temor que desce pelo pensamento é maior e mais intenso do que a chuva que anuncia a chegada do outono. Quem teria para tanto coragem?

Tornou-se o rei o que era o romance! Êxtase de um nobre afeto denominado paixão, na própria desilusão. Essa, em pessoa. Cascatas de águas turvas e barulhentas, cuja fonte se escondia nas mãos da tristeza.

E quanto ao homem apaixonado que levava flores do campo para a sua rainha, uma sombra o cobriu de desgosto, sem poder entender os motivos daquele eclipse sobre suas vidas.

Sedento pensamento! Dando voltas e voltas em torno do mundo, indo e vindo feito um vento barulhento em busca de um único antídoto. Torna de mãos completamente vazias, descansa seu acalento sobre o mesmo porto partido.

Tornou-se um rude! Cruel, como a bebida doce que de tanto descanso, tanta espera, se torna amarga. A fruta madura que de tanto e tanto desejar ser colhida, revolta-se e revela-se azeda.

Como a noite escura... Ah, poeta, quem diria? De tantas e tantas voltas que deu o ponteiro do relógio foi-se embora a madrugada. Virou dia.

Quanto mais tempo, quanto mais busca, maior se tornavam todos aqueles nobres sentimentos em certa desilusão.

Até que o seu melhor afeto, o seu melhor doce, sua melhor melodia, seu lado mais romântico, se transformou em um ódio ímpar, ou outro sentimento similar, cujo nome não se ousa pronunciar.

E o seu coração se blindou de tal forma...! Pobre homem de carne e osso! Pobre rei tão carregado de sentimentos, espelho imperfeito do puro desgosto! Nenhuma armadura daquelas, tão escuras e perdidas pelos corredores, era mais fria.

Ele se trancou também, como fez com sua rainha, fechou-se em si mesmo. Parece que, nesse parágrafo, o amor infinito, finito era!

E veja só, ó nobreza! O para sempre acabou findando. Talvez porque até o para sempre tem seu final. Perdoe-me a audácia, Majestade.

Acabou o era uma vez! Findaram os sonhos e planos que tinham. Nada mais pediriam da vida! Decretada a derradeira estação de suas esperanças, findou também o rei complacente!

Naqueles vales e sobre o alto daquelas montanhas, nascia um tirano revoltado com a pouca sorte que o seu próprio destino lhe lançara. O silêncio e a escuridão lhe eram vizinhos. Ele agora é preso em tormentos, seu vazio, e a rainha em seu quarto frio, cuja sacada afronta o nascer do sol, esperavam ambos, cada qual embebido em sua mágoa, os piores capítulos a serem escritos.

E naquele cômodo finamente decorado, em uma madrugada de lua cheia, verão, clara, mansa, feito o meio de um dia, repleta de estrelas brilhantes, ainda escuro, quase dia... Ela nasceu.

E, pela janela do quarto, a brisa que soprava vinda dos campos ora abria as cortinas, derramava o perfume das flores silvestres, doutra as soltava, quebrando os raios do luar.

Por esse vão... Delirando entre a realidade e suas últimas visões, era possível enxergar ainda as constelações brilhando.

Ela abraçou a pequena suja de sangue. Seus olhos de lagoa espelhada transbordaram, escorreram. Misturaram-se com as gotículas do seu suor, lavaram o rosto da menina.

E essa criança, ao ouvir o som dos sussurros da mãe e sentir o seu toque de pele, se calava. Feito elas pudessem falar apenas com o olhar da mulher e o resmungo da pequena.

E pediu... suplicou a rainha! Por tudo que mais amava. Agarrada à filha, cheirando-a insistentemente com o resto das forças!

Parece que sabia. Até parece que conhecia, Majestade? Como pudesse levar dessa ao menos um tanto. Feito já tivesse assistido a essa peça! Feito a rima triste de uma poesia. Um escrito futuro pelo destino ou por um viajante lhe fora confidenciado.

Implorou enquanto ainda tinha suas forças e sua consciência que a menina se chamasse Alnilam de Órion.

Eis o seu brilho mágico! A estrela pela qual essa sempre fora apaixonada. A estrela azul naquela madrugada incendiada. Brilhando de uma forma sobrenatural, como se entendesse também o que acontecia a milhares e milhares de quilômetros.

Brilhava no infinito! Enquanto aquela mulher chorava na existência finita. Ao mesmo instante, com a mesma força! Com o fim de sua caminhada e o ápice do seu brilho. Misturavam-se a nobre e a estrela como em um compromisso sobrenatural.

Ela entregava a menina ao brilho de sua vida, enquanto implorava pela criança nua, sobre o seu peito deitada, chorando, a sua proteção. Feito fosse possível, pobre Majestade! Parecendo, como feito real, o próprio sobrenatural lhe atender ao pedido. Uma constelação a milhares de anos-luz proteger uma criança.

E deu à princesa esse nome, além do seu leite, enquanto essa inocente sugava. Sugava faminta, a menina, o alimento de que necessitava tanto. O leite do qual precisaria por tanto tempo.

Mas é que esse com o tempo... Por que escreves com tanto desamor o destino? Segundos antes de ela se transformar em uma órfã. Naquele tempo! Dentro daquela manhã, enquanto um sentimento se incendiava muito além! A pele, assim como o leite, juntos, lentamente, esfriavam.

E nem teve tempo de amá-la o quanto sonhara! Pretérito mais que imperfeito! Repetição da perda tristonha. Poema sem graça nem rima! Pobre rainha... Findados os sonhos que tinha. Pobre menina.

Não seriam aquelas mãos tão delicadas que nas tardes a abraçariam. Pentearia seus cabelos cacheados nas pontas, e a levaria a passear por aqueles campos quando a primavera chegasse com suas flores e seu colorido.

E seguraria seus pequenos dedos para que desse os seus primeiros passos. Tampouco a acudiria nas noites de pesadelos.

Quis seu destino, em um verso contrário, conceder de toda uma vida que havia desejado tão pouco. Tocar... Imaginar mil vezes como seria quando menina, o rosto com o qual havia tanto sonhado.

Para cada letra desses tristes versos
Feito a chuva que antecede o outono
Ela derramará uma lágrima por você
Não será o fim! A derradeira despedida!
Haverá um porto! Um arco-íris
Uma estação... depois da partida.

Chora a menina sem nada entender!
Uma rainha fechando os seus olhos para sempre ao luar
Ainda que seu choro dure até o amanhecer
O destino não reescreverá o que já está decretado!
Nada é para sempre! Não é acabado... Consegue entender?

Talvez! Quando um dia as estações se cansarem desse ir e voltar
As ondas não virem mais seus propósitos de beijarem as areias à borda do mar.
Menina! Menina!
Acredite no que o universo sussurra... O porvir não é tão ruim assim!

Cedo ou tarde! Escuta, miúda. Ainda que tarde!
Demora, mas vem! Depois das nuvens
Nas estrelas...
Irão se encontrar.

7

Monsaraz no inverno é lindo

Fevereiro, 12 anos depois.

Arthur tinha as pernas finas, os joelhos sempre vermelhos e ralados pelos tombos que caía, e no rosto as sardas que saltavam aos olhos. Elas pareciam ficar mais vivas nas tardes de sol quente. Um legítimo representante de uma criança camponesa.

E o pequeno era agraciado com um dom peculiar que as boas pessoas carregam. Sorrir para tudo! Sorrir para a vida. Sorrir da própria vida, inclusive, nas horas impróprias, quando acabava ganhando um beliscão da mãe, sempre na altura da bunda. O choro, o arrependimento, o carinho materno, e já a alegria retornava.

Braços tão finos! Dava medo de que quebrasse o menino, tão magricela correndo de um lado para o outro. Mãos ainda tão pequenas, dedos de taquara fina.

Mas o miúdo já possuía — sim, aprendizado adquirido sob o fardo da necessidade — havia conquistado a habilidade de arrancar da terra dura o sustento para mais um dia de vida. Tinha por isso as unhas pela terra escuras.

Os brinquedos eram feitos de pedaços de madeira ou pedregulhos. Eram esses os muros de sua imaginação, nas horas em que não estava ajudando no campo. Esses muros cercavam suas fantasias e seus sonhos, compostos por tão poucos detalhes. Reclamava e pedia tão pouco à felicidade que lhe vinha todos os dias pela manhã.

Bom menino, linda criança! Transbordava vida através dos olhos azuis esverdeados. E como bom filho de camponês, amadureceu precocemente. Da vida não desejava nem pedia mais do que poderia ter.

Não sonhava com algo a mais, talvez porque tivesse tão pouco, mas de tão boa criança que era, nas migalhas encontrava motivos para ser feliz. E, sendo assim, o pequeno Arthur, em tudo, inclusive nas adversidades, na própria infelicidade, encontrava motivos para sorrir.

E sorria até do que não tinha graça, como as tardes de sol quente e um campo infinito esperando o plantio. O extremo frio no inverno e os afazeres que não podiam esperar. A semente morta no seio da terra por falta de chuva, também não era engraçado.

Afinal, como sorrir de um prato modesto quando se come algo com um gosto enquanto se imagina outro? Como se pode rimar tão pouco com tanto?

Então, em alguns momentos, sob as ordens do destino ou pela mágica do acaso, inspirado pela vida que escrevia seus capítulos, sob os temporais ou sob a luz das estrelas, quando o sono derrubava ao leito seus pais, ele escalava muros muito altos, bem diferentes dos seus.

E caminhava silenciosamente por eles. Desafiando a altura e as sombras... Os medos que nunca teve e os cães que babavam ao perceber o que ninguém percebia.

Tanto perigo com tão pouca idade, uma combinação por demais complexa que tende a terríveis desfechos. O medo é dádiva dos fortes, não daqueles que nunca o experimentaram.

Mas é que do outro lado dessas muralhas, em uma janela vermelha envernizada, cujo sol entra bem cedinho ainda por suas frestas... tem uma sacada, de noite enluarada, e tem uma menina.

E quando esse astro incandescido chega não encontra mais a majestade de outrora. É que nesse aposento abandonado por sua dona e seu rei agora dorme uma criança de doze anos, cujo futuro... bem, esse está escrito nas constelações.

Ela é a criança mais bem guardada daquele lugar. A lembrança de um amor e de uma despedida. Alnilam de Órion, a pequena do rosto claro como o meio-dia, olhos azuis brilhantes como sua estrela, e cabelos vermelhos como uma lavareda.

Pele lisa sem uma marca sequer, mãos finas e delicadas, o retrato perfeito de quem a beijou insistentemente em uma madrugada pela primeira... e última vez.

E se conheceram os pequenos... Porque isso também estava esparramado pelos brilhos das constelações. E se fizeram amigos! Porque lhes foi permitido. E se viam uma noite ou outra, quando a menina, da sua fartura, sempre reservava embaixo da cama um doce, uma fruta, um pão com geleia, além de seu sorriso por poder falar com alguém que não fossem os serviçais do castelo.

E por tão pouco de um lado e tanto do outro, uma troca de belos gestos que interessava a ambos. Aquele menino de pernas finas e roupas simples subia e descia os muros. E nem imaginava, pequeno tolo enganado, o que, sorrindo de ambos, o destino escondido escrevia.

Olha, pequeno Arthur... Escuta conselhos, oh miúdo!
A lua está clara...
Ela se derrama pelos muros de pedras lisas de Monsaraz.
As estrelas desceram para beber da água estagnada. Brilham no céu!
E se multiplicam sobre a lagoa.
Lagoa mansa, de tão mansa espelhada.
Aos olhos da pequena assim como os da fera! Não se engane. Vigia!

Enxerga-se no escuro o que vem!
Toma cuidado, oh menino! Triste futuro de alguém.
Consegue ler nas constelações?

O sereno fino. O orvalho feito poeira. O lodo e o tempo.
Os pés no caminho. A sujeira.
Oh, cuida, pequeno! Por que não tem medo?
Caiu... É que essa água feito um pó molhou seu capítulo.
Seu caminho sem eira nem beira. Sua sina.
Tanto por tão pouco! Chora, menino... Sorria, destino.
Feito do seu jeito.
É que a fera que o esperava a tanto cravou seus dentes,
atravessando sua pele. Tão fraca, tão fina.

Dê-se por vencedor, criança de tanta sorte!
Pois que o bicho se contentou com tão pouco ao latido.
Sua dor, seu sangue, seu grito!
Menino... Menino! Você tem agora medo da morte?
Já que a viu tão de perto, conta! Essa anda mesmo de preto comprido?
O amor e teu acaso. Em contrárias direções. Oh, menino, diz...
Quem poderá ser mais forte?

E quando à varanda ao luar arranhado.
Seu vermelho sobre o vestido, um rubro sobre o branco. Escorrido, manchado! Nem mesmo os doces o faziam calar.
Então, comovida com sua dor, uma faca e um corte! Um outro mimo ela lhe entregou. Seu cabelo de cachos escarlates decepado.
Pôs em sua mão e a fechou. E beijou o seu punho cerrado. Derramou azeite sobre o ferimento em flor. Sorriu e soprou.
Estava feito! Sorria o acaso! Irem-se as estrelas! Encostou a mão do camponês sobre o seu peito de nobre. O dia chegando. Abraçados chorando. Por trás das montanhas.
Que espere o sol!
Está nascendo o amor.

8

A ira real

Saibam todos! Quando o dia amanheceu, ordenado pelo rei! A sacada do aposento à frente da janela de madeira vermelha foi lacrada. E a menina dos cabelos vermelhos decepados, por muitos dias não via sequer a luz do sol.

O DECRETO ASSINADO PELO ANEL E PELO ÓDIO.

Um único ator sobre o palco, e sobre esse... um feixe de luz amarela.

Ora, pois! Que seja declarado, enfim. Que se torne público e assinado pelo punho do rei e o peso do seu anel.

Dito se cumpra. Aquele que for encontrado com os cabelos reais deverá pagar pelo roubo com a própria vida!

Monsaraz, 1 de setembro de 1592.

Ladrão maldito! Gritava pelos cantos escuros e babava de tanto ódio. E jurou encontrar o infeliz, cujo sangue deixou no vestido e pelo chão da varanda. Aos poucos ali... Lentamente, escuro, desaparecendo pela ação dos dias.

Quanto a Alnilam, agora de pele ainda mais pálida, perdera seus cabelos, perdera também sua paz. E no lugar de alguns sentimentos e sonhos faltando pedaços, outro sentimento, a cada dia, em cada amanhecer, feito tinha de ser... Desobedecia!

E se nem todas aquelas muralhas feitas de pedras geladas poderiam represar aquelas águas... O que seria da pobre mortal?

Fora roubada! Subtraída liberdade. Agora, em sua estreita sacada à sombra das grades desenhadas pela luz do entardecer, chorava.

É que mesmo de forma involuntária, Arthur carregou, além dos fios rubros, de alguma forma, o seu inocente coração.

Quão lindo e dolorido o amor se faz em sua essência mais pura, marcando em ferro em brasa a sua chegada, como se pudesse ser a terra pela primeira vez tomando um banho de chuva, a madrugada pela primeira vez vendo o sol do amanhecer.

Assim vive uma princesa com nome de estrela? Inconformada, perguntava ela ao lamento. Fiel e jovem companheiro! Segurava-a pelas rendas do vestido, e até sorria esse do seu sofrimento. Parente da solidão.

Fora roubada, sim! Mas sonda, que não foi um furto, princesa, e sim uma permuta. Uma troca! Defenderia se pudesse esse teu roteiro decorado.

Que, ao levar seus cabelos, o camponês lhe deixou um vazio por pago! Sem saber que no seu peito também, como em tantas covas da sua lida desaparecida ao horizonte, esquecera uma semente do trigo plantado.

Feito o fruto da oliveira e as uvas tintas penduradas, em seus cachos, cuja visão desafiava da primeira à derradeira carreira. Sob a brutalidade da prensa que esmaga sem pena o melhor dos azeites, é na força e na dor que se extrai.

Assim a menina, desse modo, sentia-se a pequena! Exalava por cada um dos seus poros o mais nobre dos afetos, cujo nome não se fala... sussurra.

Enquanto isso o rei em seu manto escuro praguejava e prometia vingança. Estava tomado por uma raiva de excessiva proporção. Afiando sua espada pelas paredes, sem imaginar o que o porvir reservara. Alnilam, a princesa, sua única filha, já estava contaminada.

Fora tocada no coração! E nem sonhava a pequena lograda, aquilo que nem sabia o que era! Uma vez que nunca estivera por aqueles campos, em outro campo, em outro canto, agarrado a um certo menino, crescia forte em silêncio.

Do modo que sempre estivera escrito... descrito pelos brilhos que não se explicam nas noites mais claras. Do jeito que tinha de ser.

E três anos se passaram.

O tempo carregou parte da ira real! O tempo à menina os cabelos vermelhos devolveu. As sementes nas covas, quantas floresceram, quanto fruto deu? E quantas dessas sementes morreram, secaram?

Alnilam, com seus quinze anos de idade, tão linda, refletia sobre a água da lagoa estagnada a verdade. Sempre acompanhada de uma criada, além da guarda, quando em tão raros momentos podia sair, o retrato fiel de sua mãe desenhada.

E lhe rodeavam os olhos do pai! E lhe cirandavam os olhos do seu rei! O ciúme adoentado e um amor condenado, além de outros olhos azuis-esverdeados.

9

A estrela retorna à constelação

Se as estrelas declaravam que ela era uma nobre de sangue puro, e que ao infinito somente pertenceria, e que somente a esse céu poderia brilhar... como podia esse amor insensato sentir-se no direito de tocar em seu coração tão jovem?

Ah, sentimento por demais rebelado! É por acaso afeto inconsequente dono do que toca? No mesmo segundo, pelo lado oposto desse palco, contrariando a lógica, as nuvens escuras, as noites cinzentas, a falta de luz que atende pelo nome de escuridão. Acompanhem os violinos! As tormentas com seus clarões misteriosos e a chuva intensa com seus trovões.

A esses o jovem Arthur tinha como aliados. Cúmplices de uma emoção que já o mantinha preso. É que era justamente nessas noites de tormenta que o camponês embriagado de amor e ousadia visitava uma adolescente presa em seu quarto.

Trazia esse afeto impiedoso o menino pelos pulsos! Convidado por uma música silenciosa, traído pelo gosto do próprio desgosto. Sem perceber, sem entender como acontecia, havia se tornado um criminoso, calado e vencido.

E quanto mais eles resistiam! Ambos tocados, ou ao menos tentavam escapar. Se sonhassem ao atrevimento depois de escolhidos. Como pudessem ou fosse mesmo de suas vontades, mais açoites de seus misteriosos laços recebiam.

Vento barulhento de um cativeiro!
Está preso e amordaçado por correntes invisíveis
Não queres mais a própria liberdade?
Não desejava mais desse fugir?

Depois que a tua água escoar pelos vales
A madrugada se ajeitar como fosse dormir
Morreu antes do sol todo aquele temporal!
Eis o teu pago! Findo o teu verso vencido acabado

Eis teu amor, sem poder traduzir.

Silêncio, por favor.

E quando vinha o cair da tarde de mais um dia lá no horizonte, Alnilam observava os primeiros clarões se espalhando por sobre os morros.

Chuva forte e ventos que vinham correndo, rufando os tambores, os ecos da filarmônica, a magia sobrenatural da melodia.

Acendendo e apagando, desenhando um mau tempo com suas amantes, as nuvens rebeldes. Contornando as montanhas perfeitamente com um traço vermelho! Chamando o vento vestido de branco e de um rubro vivo, vinha a ventania.

Agitem-se, ondas do mar revolto! Inflamem seus tons de esmeraldas brilhantes. Luas e estrelas coloridas se apaguem! E que se espalhe pelo verso todo o aroma salgado da maresia.

Um soneto doce em que seu sorriso involuntário se desenhava desmanchando por encanto aqueles traços pelo tempo tristonhos.

Presos a uma mágoa sem nome ou sobrenome, afeto que não se tem como denominar. Uma mistura de saudade com restos de medo pela lembrança das mãos feridas e frias. Sabia, a menina!

Ora, pois! Como poderia se esquecer, princesa? Do sangue descendo em gotas ao chão da varanda? Do tecido manchado do seu vestido?

Mancha impregnada para sempre, marca que nem com todo o tempo que tivesse o para sempre, o sem fim, fariam desaparecer.

A temperatura da pele do pequeno assustado e aflito de dor. O cheiro dos dedos daquele camponês que ousara invadir seu castelo, sua sacada enluarada e a fortaleza dos seus afetos.

E sorria de olhos baixos ao chão a princesa de cabelos avermelhados! Pois naquela noite, ainda antes do amanhecer, com os restos dos restos do seu mau tempo tão esperado. Ela enfim o veria!

Pois que grite, trovão, aos confins seu tormento!
Ou murmure e confidencie ao temporal.
Redemoinhos, tornados e furacões se inflamem!
Será mais um poema perdido ao relento.

Sentados! Silêncio... Já vai começar.

Entre Arthur e seu destino.

Apenas dois atores sobre o palco quase sem luz.

E de que adiantaria, jovem Arthur, à jovem, devolver os cabelos da menina? Perguntava-lhe o destino, ao mesmo instante que lhe negava a liberdade.

Eu lhe devolverei teus cabelos vermelhos
E levarei o vazio que deixei em teu coração
Esquecerei dos teus muros e da sacada enluarada
E que se cumpra cada qual seu destino, então.

Eis aqui o que sonhei que era meu!
Pegue! Não olharei para trás
Pois que findem os seus tormentos!
Poderá voltar a sorrir

Toma, se é teu! Toma, se é teu!
Devolva-me a paz.

Um momento dentro do tempo... É isso o que desejas? Pergunta o próprio fado. Pobre camponês entristecido, pobre menino enganado. — Estás a sonhar? Por acaso deliras? Não serás atendido! Não se pode, menino atrevido... tornar-te atrás!

— Assim como a fera que ainda tem nas lembranças o gosto da tua pele! Você jamais a esquecerá. Está perfeito! Terminado assim o teu verso imperfeito!

— É como tinha de ser! Desde o instante em que ela soprou sobre o seu ferimento — entoava o ator tomado pelo personagem, fazendo sua voz potente ecoar por todo o teatro. Desde o momento em que sentiu o seu hálito de menina. A temperatura do seu interior!

— Esse tal amor... Quanto atrevimento querer unir seres de mundos tão distantes! Nada a ser feito! — exclamou, junto com a explosão de um tambor. — Cumpra o teu roteiro! Cumpra o teu roteiro do jeito ensaiado! — ordenou-lhe em um só grito.

E no silêncio doravante, vestido com uma capa escura que lhe escondia o rosto, arrastando a borda do tecido pelo tablado, ocultava-lhe a roupa também os pés, a intensidade do fio de luz que o perseguia diminuindo aos poucos. Eis... que o destino em pessoa virou-lhe as costas, e do palco caminhando tão lentamente... retirou-se.

Plebe filho de plebe sardento e magricela! Um dia correra pelos vales e sobre os muros altos sem nada temer. Já havia perdido seu ir e vir. Quanto mais queria, tanto mais desejava! Mais enganado por seu acaso! Vencido, derrotado, vinha de guarda abaixada.

Não era mais livre. Já sabia que não. Só não imaginava a dimensão daquela chama que o consumia. Chama essa que quanto mais tinha, entre brasas e lavaredas vivas, posto chama que era, mais lhe queimava. Quanto ao jovem... mais suplicava, mais desejava e involuntariamente queria.

Então dava de beber a esse afeto!
Gotas das lágrimas de sua linda Alnilam
E quanto mais esse dessas tomava
Mais se embriagava, cantava e sorria.

Como quis seu destino pelas estrelas escrever
Feito! Tinha que acontecer assim
Desse jeito!

E quanto mais ele tinha. Tanto mais reclamava.

Sorria e cantava!

E mais esse afeto, ao pobre pedia.

Quando Arthur chegou às grades naquela madrugada, incendiada pelos clarões sobrenaturais e os estrondos que sacudiam o mundo, ele veio com uma decisão sem volta.

À frente dos olhos de sua amada, uma menina de dezesseis anos. Tão jovens! Tão jovens! Os olhos que refletiam todo aquele temporal, e ao mesmo instante se derramavam, lagoa de águas límpidas puras de estrela represadas.

Desciam do rosto da pequena, desciam do céu ferido pelos raios. E esses vinham do meio daquelas nuvens... Subiam! E ao mesmo instante acordavam os relâmpagos.

Ali, em meio à tormenta, ele derramou suas emoções. E chorou quando as mãos em brasa de Alnilam tocaram na pele do seu rosto gelado pela tormenta.

A cada clarão que o infinito lhes atirava. Feito fosse possível, as gotas da chuva e as que desciam dos olhos do camponês refletiam os espelhos de seus sentimentos!

Cores com reflexos tão diferentes! Não se misturavam, ainda que pingos, de chuva e de afetos. E feito gotas que eram, derramavam-se do infinito escuro e também dos olhos do menino.

Conduzidas por suas fragilidades feito mariposas cegas à escuridão entregues. Levadas e trazidas por seus destinos, valsavam à vontade dos ventos.

Entre a terra se afogando e as constelações acesas, nuvens carregadas de pura ira. Entre aqueles dois corações incendiados e suas vontades... Uma grade escura de ferro fria.

E tramaram os dois enquanto seus destinos sorriam. Que fugiriam! Ele a buscaria! Estavam dispostos a correr o perigo. Ou viveriam todo esse afeto em sua plenitude, ou morreriam juntos. Juntos partiriam.

ERA UMA VEZ

Era uma vez o era uma vez! Tomados por uma força superior à largura do universo. Atados sobre o mesmo laço. Derramado no mesmo verso.

Amordaçados pela mesma mordaça! Presos e condenados ao mesmo calabouço. A escuridão está se derramando em seus capítulos futuros.

Nada se pode ver. O porvir é uma moça de escuro cujo véu cobre seu rosto. Pergunte ao vento! Qual é mesmo o nome desse sentimento? São amanheceres, cujo sol se esqueceu de nascer.

Sobre o palco, apenas Arthur. Um único feixe de luz vermelha sobre a sua cabeça. Acompanhe suavemente a orquestra.

Do coração que era meu! Gritava em silêncio o jovem Arthur. Contra minha própria vontade rebelou-se. Foi mais forte que eu! Que se faça então o desejo que me domina! E se for esse o preço, pagarei com a minha liberdade.

Então... em uma noite calma e iluminada, traídos ambos pela inocência, a grade fria pela insistência foi derrubada. Vencida! O amor posto à prova foi bem mais forte, o abraço dos jovens há tanto guardado!

Uma carruagem simples, cavalos que foram roubados por amor. A fuga.

Seria a vitória do romance, enfim?
Já que suportam o castigo da dor
Permitiu o destino
Que comece então!
Morrerão por amor!
Como está em outros versos
O começo do fim.

Acompanhe a orquestra com essa melodia mágica, com toda a sua força até que o ator pise no canto esquerdo do palco.

Monsaraz. Noite de primavera. Um dia antes da princesa Alnilam completar dezessete anos.

É que não contou com a má sorte o camponês, e justo naquela madrugada o vento silenciou. A chuva não veio e os trovões se calaram.

Desprotegidos pelo tempo bom. A lua e o luar, o orvalho descendo suavemente. Malditos cães os denunciavam aos latidos! E ao primeiro cantar do galo, a coragem ou o desespero os tomou.

Ele a segurou pela mão direita para que ela subisse na carruagem. O toque e o encontro de peles tão frias. Alnilam usava um vestido azul. Juntos e condenados! Estrelas de lágrimas descendo sobre o rosto de suas poesias.

Sorria, destino! É bem o teu jeito! Ao som da tua triste melodia, tão suave e pobre de rima. Miserável poema de sina! Tudo assim um teatro fatídico mal ensaiado. Ao meio do caminho, eles foram descobertos!

E sobreveio em um agudo de violino cortando o silêncio o toque da corneta. Despertada é a sentinela! A ordem do capitão da guarda. Que fossem os foragidos imediatamente aprisionados.

E bem poderia ser o ato final. E quanto mais próximos os cavalos do rei, mais se surrava o pobre animal. Os cascos ferindo a terra vermelha. O som dos cascalhos se espalhando pela ribanceira. E no céu... mudas, caladas, assistiam, choravam de medo as estrelas penduradas.

E foi nesse exato segundo que o brilho dos seus olhos se transformou. Não havia mais o medo. Revelado enfim ao final, revelado então seu segredo! Um pedido pela menina... aceito! E se abraçaram, e soltaram as rédeas para voarem precipício abaixo, enquanto ela lhe deu o primeiro e o último beijo. As pedras ao fundo os esperavam!

Um estrondo. O decreto proferido! Eis que o próprio Órion a terra tocou os pés! E perguntou ao amor... Como pode atravessar meu caminho? Pelo céu e para sempre ele vagará... Um viajante do tempo. Sozinho! Gritou. Enquanto essa perderá a cada século um tanto desse afeto. Em cada verso de mundo que o procurar.

E declaro: Jamais! Não permitirei! Seus corpos não serão encontrados. Juntos não ficarão! Quando ela for água, ele será o fogo! Se ele for a meia-noite, ela será o meio-dia! Lua e sol! Que se cumpra a minha ordem. E que morra de amor, ainda flor, essa poesia.

E lançou-lhes esse terrível encanto, transformando Arthur em um cometa fadado a viajar pelos tempos e a jovem Alnilam em uma linda estrela azul.

Mesmo que leve três mil anos... Respondeu o afeto em chamas. Ou toda a eternidade! Duas estrelas em direções contrárias. Um rochedo e uma onda de espumas brancas. Em um momento dentro do tempo! Como se espalha e lateja essa dor! O nome do sentimento maior saberá! Quebrarão tua ordem... Viverão esse amor!

10

O retorno da rainha

Ela havia perdido a hora. Havia se perdido na história tão bem desenhada pela mente de um psicopata talentoso. Um pré-julgamento seu rodeado de perigos e possíveis enganos. Ah, essa voz rouca da sua intuição que nunca falha!

Havia viajado, sonhado com algo que não lhe vinha à lembrança. Uma espada dourada, um campo repleto de margaridas coloridas, o amor incondicional cumprindo com o seu destino. Uma Via Láctea inteira de sentimentos. Uma chuva de diamantes em meio a uma noite de céu azul. Brilhos que não se podem explicar e nem mesmo entender. A força extrema de um sentimento posto à prova.

São apenas recordações em forma de clarões. Indo e vindo. Indo e vindo da sua memória. Feito saísse de um mundo paralelo para adentrar em outro completamente diferente. A impressão absurda de que aquilo sempre lhe pertenceu. Parece mesmo real! Pensou. Instante em que um calafrio lhe correu pelo pescoço.

A dramaturgia, a literatura e a poesia abraçadas em uma única obra? Realmente ele é doente... Pensou a agente refletindo sobre o texto. Alexandra tinha a garganta seca, provavelmente pela rinite, que a faz respirar pela boca enquanto dorme.

Na língua o Saara escaldante, no pensamento dúvidas, e nos sentimentos... bem, esses são blindados! Quem o poderá dizer? Mas ela estava convencida da sua culpa. Para a policial, aquele homem cheirava a um assassino frio. Era só uma questão de tempo. Tomou um gole d'água, aquele copo sempre está ali.

— Tire um dia de descanso, Alexandra! — disse-lhe a voz rouca pelo telefone. — Tem trabalhado exaustivamente. Aposto que não sabe nem que dia da semana é hoje.

— Eu já estava me arrumando, tenente. Já chego!

— Não precisa!

— Por quê? — insistiu a agente.

— Hoje vamos trabalhar na escuridão, minha querida. Descanse. Ligo depois se eu quiser que você venha. Se precisar eu chamo. Você entendeu, Souto?

Não esperou que ela respondesse, desligou. Aquilo não era uma pergunta, era uma ordem direta.

Do outro lado da cidade uma campana seria feita no porto. Um carregamento de entorpecentes pesados estava chegando em um navio coreano.

A escuridão. Uma quadrilha muito bem organizada. Sabe aquele crime perfeito? Não existe. De tanto dar olé na polícia, uma hora eles caem. E aquela noite seria de prejuízos. Ninguém engana a lei assim para sempre.

Informações inseguras que vinham de dentro da própria organização. Informantes, vendem a própria mãe. Não são confiáveis pra lado nenhum.

Pessoas sem caráter nem pra criminoso, caguetas, um sete um, e por aí vai. O fim desses são os piores quando são pegos. Bandido não gosta de polícia, bandido não gosta de quem carrega distintivo, mas o contraventor odeia os traidores que comem ali no mesmo prato e se dizem amigos. Existe, sim, um código de ética entre eles, a lealdade ao preço da vida.

E tem o marginal que se passa por bom, e o agente safado que se passa por bom policial mas é pior do que o próprio bandido. Gente ruim! Pessoas perigosas que carregam nas costas sem perder o sono a desgraça de tantas pessoas. Famílias inteiras destruídas pela droga e pela filosofia desses filhos da puta!

11

O som de uma ambulância

Mas veio a tarde e a noite quase batendo à porta, e ele não a chamou. Pois é, totalmente previsível! Patético! Para quem conhecia tão bem aquele homem, como ela, já contava com isso! Um ranzinza, um chato autoritário! Mas um verdadeiro paizão, estava sempre tentando protegê-la.

Sempre que podia ele a deixava de fora dessas situações. Quanto à dama dos cabelos pretos, essa ficava furiosa, para não dizer puta da cara. Como agora! Afinal, uma policial era para isso mesmo! Não foi esse o caminho escolhido? Então, bora trocar tiro com vagabundo! Sempre teve consciência dos perigos e nunca... nunca pediu arrego.

Se tivesse que sair na porrada com safado, ela saía também. Era bater ou apanhar, e se não dava na mão, ela puxava o gatilho sem dó. Voltar para casa viva muitas vezes dependia de uma ação rápida e instintiva. A polícia não dá tiro de aviso, a polícia é treinada para ser letal!

Mas é que o tempo estava passando. À medida que a tarde ia se apagando lentamente, em seu apartamento de dois quartos, sua janela maior que o seu mundo! À frente do pôr do sol daquele dia, despedindo-se com seus tons de laranja e estrelas, ela sentiu algo muito estranho.

Um arrepio feito um sopro, um vento tão frio ali por baixo dos seus cabelos, na altura do seu pescoço. Presságio de uma situação do mal. E esse vento passou por sua sala, pelo quarto com sua cama desarrumada. Depois arranhou sua pele morena com as pontinhas das unhas, levantando seus pelos escuros em um novo calafrio.

E foi embora o maldito! Cumprira seu propósito, evadiu-se pelo vão de vinte centímetros da janela de vidro incolor. Mas antes de ganhar as ruas, deixou na moça uma sensação horrível! Um gosto do próprio desgosto. Aquilo não acontecia sem razão. Seria um aviso? Talvez, confidenciou-lhe ao pé do ouvido uma desconfiança.

Ela desobedeceu ao comando. Por trás da policial e do estatuto existe a amiga, e mais até do que isso, a menina que conhecia seu chefe desde a infância, assim como conhecia também a família, os filhos lindos e a esposa. Que se dane! Pensou.

Um jeito nos cabelos! A bota esfolada, uma bolsa, as chaves do carro. Nada rimando com o desespero que aquela angústia lhe confidenciava. O frio do metal escuro da pistola, inseparável e melhor amiga, sempre na cintura, nas costas, por baixo da jaqueta.

E tanta velocidade, e quantos sinais vermelhos furados, o barulho dos pneus sobre o asfalto, o som das buzinas. A luz escarlate pulsando sobre o painel do veículo. O porta-luvas repleto de multas a serem esquecidas. A pressa justificada por nada mais que uma sensação ruim.

Quando ela cravou seu salto sobre a terra cinzenta e úmida do porto, o corpo já estava estendido ao chão. Perdera-se na hora mais uma vez a jovem que nada poderia ter feito, mas daquele instante para o resto de sua vida aquela voz lhe cobraria.

Mais um assunto para mantê-la acordada pelas madrugadas escuras, novas seções com o psiquiatra, caixas de calmantes se amontoando sobre a cabeceira da cama.

Foi abrindo caminho entre as pessoas curiosas. Um fotógrafo desgraçado, policiais que não fizeram nada para impedir. Ou o fizeram... Como saber? Afinal, ela não estava na hora certa naquele lugar incerto.

Sentimento de gosto amargo que desceu por sua garganta quando ela se agachou e colocou sua cabeça em seu colo. — Já chamaram uma ambulância?! — gritou. — Uma ambulância!

Tão pouco a ser feito. O colete feito para protegê-lo não suportou o tiro de fuzil à queima-roupa, um rombo no abdômen. As mãos frias e o rosto pálido. Por quem eram aquelas lágrimas?

— Souto! Eu não disse para não vir?

— Tenente, não fala! O socorro já está vindo. Está vindo, né? — perguntava a amiga, desesperada.

— Souto.

— Tenente, abre os olhos! Fala comigo!

— Você está chorando, menina? Por um velho que nem eu?

— Tenente, não fala! Olha... Tenente?

— Você é uma boa policial. Seu pai também era. Vai entregar para a Débora Souto! Você entrega?

— Amigo, eu estou aqui. Fica comigo!

Ele abriu o seu punho frio sobre a palma da mão trêmula. Segurava com toda a força que ainda tinha, o que naquele instante de maior valor possuía. Mesmo que o seu coração nessa hora estivesse em outro lugar!

— Não vai dar pra comprar o sítio — sussurrou.

Soltou lentamente um distintivo dourado manchado de sangue, soltou suas últimas lágrimas de dor, de saudade ou de medo. Como saber?

— Ele não era nada! — respondeu a jovem policial, chorando. — Ele abusava da própria filha. Ele abusava de mim! — sussurrou, enquanto o som de uma sirene se ouvia ao longe. Tão atrasada quanto inútil.

A agente nunca vai saber o porquê de ter dito aquilo. Segredo soterrado por toneladas de sentimentos perturbadores. Também nunca saberá se ele ouviu ou não aquelas palavras.

Seus olhos não se fecharam, eles simplesmente perderam o brilho, no mesmo instante em que seus pulsos desceram sobre a grama molhada. É que a academia de policiais não prepara ninguém para isso, seres humanos escondidos sob fardas escuras e distintivos frios, sem vida. Então ela chorou em voz alta.

Nada a ser feito; findados ali os planos que tinha. Não existirá aquele sítio com o cavalo e o vento soprando bem de mansinho. Um riacho de águas cristalinas e peixes coloridos. Uma casa simples, uma vida mais simples ainda — acabou tudo ali à sombra dos navios, à beira daquelas águas escuras barulhentas.

No outro dia, em meio a um entardecer chuvoso, ela entregou o objeto conforme havia prometido. Até pensou em lavá-lo, mas não teve coragem. Uma mensagem dura e ao mesmo tempo verdadeira. Tinha que ser feito daquela maneira! Muitos policiais honestos como aquele dão sua vida para proteger gente que não presta!

O som das sirenes acionadas ao mesmo instante. Aquelas luzes vermelhas tentando aparecer em pleno dia, um dia chuvoso de aspecto doentio. Indiferente tarde à dor alheia, outras tardes como aquelas viriam, algumas de céu azul e sol. A diferença é que ele não veria mais nenhuma.

Aqueles tiros de festim atirados ao ar... Para quê? Nada daquilo poderia trazê-lo novamente, nem aplacar toda a tristeza, a revolta que se misturava naquele ambiente deprimente.

Alexandra apertou a mão daquela jovem senhora de aparência tão cansada. Aos pequenos, um de cada lado, apenas um olhar e quase um sorriso. Não encontrou uma maldita palavra sequer para entregá-los. Nada! Abaixou o rosto, uma lágrima solitária rolou de dentro dos seus sentimentos, por baixo dos óculos escuros. Deixou aquele lugar antes que todos.

Se alguém ali contava com o seu apoio... A esses, a decepção. Estava se acostumando a virar as costas justamente quando os seus amigos mais necessitavam. O ódio, a revolta, aquela sede implacável de vingança, falavam alto, gritavam! Como aqueles não ouviam?

12

A sala vazia

No outro dia bem cedo, antes mesmo do seu horário rotineiro, ela chegou à delegacia. Quão difícil era imaginar que aquela sala escura estaria vazia o dia todo! Ninguém passava ali sem olhar para a porta encostada e para ela. Todos sabiam do elo de amizade entre eles. Mas para a agente era como se a cobrassem por não ter feito absolutamente nada. Sentia-se um lixo.

Aquele dia será um tanto mais silencioso, a porta não irá bater com força e ela não ouvirá aquela voz rouca chamando o seu nome. Onde estava afinal o cheiro daquele tabaco horrível? Quão saudoso se faz o que ontem nesse mesmo horário era um incômodo.

A luz apagada dá ao ambiente todo um tom ainda mais triste, a mesa escura com certeza está mais gelada do que nos outros dias. Tão simples, tão baratos, tão valiosos seriam naquele minuto esses pequenos e insignificantes detalhes. Nesse instante deixam de ser detalhes e passam a ser significantes por demais.

Malditas são as lembranças, com suas vozes e seus cheiros fidedignos. As lembranças dos que se foram se atrasam para seguir o mesmo caminho, elas permanecem vivas andando pelos corredores, como se não soubessem que não fazem mais parte da realidade.

É que ainda não havia caído a ficha, sabe? Nem aquela manhã ou aquela mesma tarde estavam preparadas para aquele filme incompleto.

Os carros buzinam enquanto os motoqueiros com suas motos de escapamento aberto aceleram. O barulho do telefone, o atendimento da recepcionista, as pessoas fazendo suas queixas, a rotina querendo sobreviver.

E ainda assim, mesmo com todo aquele barulho havia um silêncio mórbido dentro daquelas paredes escuras e frias. Como não ouvir desse silêncio? Instante em que se deseja que o tempo passe, e passe, e de alguma forma carregue a falta que alguém faz.

Em seu celular a última ligação, na rede social o sorriso estagnado em uma foto enganada. Não se sabe o quanto se gosta de alguém até que se perceba que nunca poderá dizer isso a ela.

Então é hora de ir apagando as fotos, apagando toda essa porra! O desespero e a raiva ajudam! E quando parece que enfim acabou aquilo, que não tem mais nada, é que se percebe a besteira que fez. Com a saudade não é assim... Não tem como apagar esse sentimento.

Sentimento infeliz que fica ali, arranhando feito uma âncora lançada de um navio. Pesada e enferrujada, mergulha ao fundo e crava na areia escura os seus ganchos.

Ninguém saberá a dor que o oceano sente, assim como ninguém saberá o que se passa no interior daquela policial. Ela tem o dom de engolir essas mágoas muito maiores que ela e remoer por muito... muito tempo.

— Como vai, policial Alexandra? Eu sinto muito — disse a voz do outro lado da linha. Mas era mentira! As pessoas dizem o que deve ser dito, são pequenos e insignificantes textos decorados.

— Quanta honra, senhor Luis Fernando! — respondeu falsamente a agente em um sorriso fabricado. A vontade era diferente, mandar aquele filho da puta tomar bem no centro do nariz, levantar, pegar a bolsa. Deixar o distintivo sobre a mesa junto com a pistola escura carregada. Desaparecer... Pra um outro lugar, uma praia, uma cidade pequena onde ninguém soubesse o seu nome. Ir pra Marte ou pra casa do caralho... tanto faz!

— São partes do nosso trabalho — respondeu a agente, controlando todos aqueles instintos. — Por que sente muito? O senhor mal o conhecia.

— Sei que talvez não seja o melhor momento — respondeu — mas está de pé aquele convite. Podemos falar sobre o que preferir. Talvez esteja precisando de um amigo, eu não sei bem o que dizer.

— Não somos amigos — respondeu Alexandra com um tom de voz mais alto. Pensou... pensou como uma policial. A policial que em tudo precisa sobreviver e continuar.

— Mas está sendo gentil, não é mesmo? Quando? — perguntou.

Silêncio... Nem mesmo ele contava com uma resposta como aquela.

— Que tal amanhã às oito?

— Está perfeito pra mim. Amanhã às oito. Onde?

— Vou enviar um motorista meu buscá-la. Faço questão!

— Amanhã às oito — confirmou.

Desligou o celular, foi ao banheiro e se ajoelhou na frente do vaso. Ela queria chorar sozinha mas não deu tempo: vomitou um tanto do café da manhã, outro tanto de tristeza. Sentia um ódio... por quem? Talvez por si própria.

13
Paredes geladas

Um carro escuro com acabamentos prateados estacionou em frente ao endereço. Relâmpagos de uma tempestade com encontro marcado ainda para esse capítulo. Distantes e ignorados clarões se acendiam e apagavam na linha daquele horizonte aos poucos trocando de cor.

O motorista fez questão de abrir a porta. Quão delicados são os brilhos das premissas do temporal... A jovem agradeceu com um sorriso.

E se as nuvens diziam cuidado, as românticas constelações que ainda podiam ser vistas sussurravam boa noite. Uma contradição. Logo seriam cobertas de cinza-escuro todas aquelas estrelas.

Uma brisa mansa com cheiro de chuva passou e balançou seus cabelos compridos enquanto ela se sentava no banco de trás do luxuoso automóvel.

Aliás, bem atrás do chofer; ele não podia enxergá-la pelo retrovisor. Via pelo pequeno espelho retangular somente os raios que começavam a cortar o céu. Um fio prateado aceso despencava e se dividia em diversos, contrastando com aquele fundo escuro, e desapareciam puxados pelos para-raios plantados no alto dos arranha-céus.

Então ela perguntou assim que tomaram a direção do perímetro rural, no mesmo segundo em que as gotas da chuva começaram a escorrer pelo para-brisa:

— Amigo! — disse ao motorista sisudo — aonde está me levando?

— Senhorita, tenho ordens para levá-la e depois trazê-la. Fique tranquila — respondeu o homem, que parecia tão quieto. Ele moveu o espelho, procurou a policial, mas encontrou somente uma sombra. Uma sombra e uma voz. E disse:

— Se cair todo esse temporal o carro não sobe não!

— Não sobe... Como assim?

— O barro, senhorita! O carro não passa!

Alexandra ficou em silêncio, e com a mão por baixo da jaqueta escura ela ajeitou a pistola, que incomodava.

— Parece que vai desabar em cima da gente... Olha!

E quando ele disse aquelas palavras, foi como se soubesse mesmo prever o futuro, ou tivesse feito a leitura que estava naqueles relâmpagos. Um estrondo capaz de tremer a terra e a chuva torrencial desceram de uma vez. Bem foram avisados!

E descia aquele veículo a ribanceira na terceira marcha engatada. Uma escuridão terrível! Por onde andavam aquelas estrelas, afinal? O barulho do vento assobiando, a fúria do céu em milhares de gotas se derramando.

Quão notável o fenômeno, a força desproporcional da ventania que conduz a água em diversas direções. Uma cortina parecida com um véu transparente de água, de um instante para o outro a tormenta se fez.

Uma cascata vencendo a palheta do limpador, a visão pela chuva ofuscada. O som do potente motor se confunde com o rugido de um bicho acuado. O barulho das poças e do barro roçando abaixo da sola dos pés.

Tem um automóvel cortando o mau tempo, no mesmo instante em que a cozinheira prepara o jantar cuidadosamente escolhido. A noite promete.

À frente, uma velha ponte de madeira os esperava. Correntezas que refletiam os clarões! O barulho das águas enfurecidas por mais águas que do nada chegavam.

Águas unidas e revoltas! Essas quase alcançavam aquele frágil elo que ligava um barranco ao outro. Velha ponte de madeira vermelha, que de tão velha nem era mais vermelha assim. Algumas pedras gigantescas com suas cabeças para fora d'água assistiam caladas.

Logo chegaram a uma casa gigantesca de paredes escuras. E, afinal, o que poderia ser claro em uma noite como aquela, salvo os relâmpagos?

Um enorme portão eletrônico, o som desse se fechando, e de repente... um silêncio absurdo. Era como se toda aquela ventania fizesse parte de outro romance.

O empregado deu a volta e abriu a porta para a dama, que agradeceu educadamente. A escuridão e a força do temporal ficaram totalmente para fora daquela garagem que mais parecia um salão.

De uma daquelas portas surgiu uma senhora de uniforme preto com alguns babados e perguntou se ela queria lhe entregar a jaqueta.

— Não, obrigado! — respondeu a agente, curta e grossa.

— O senhor Luis Fernando está em uma reunião no escritório — disse a gentil mulher, sorrindo — mas pediu que eu avisasse assim que a senhorita chegasse. Fique à vontade. O que aceita, um suco ou uma água?

A policial não respondeu. O motorista já se havia retirado. Afinal, ela estava medindo cada detalhe daquele lugar. Como alguém tão rico e famoso podia morar em um canto como aquele?

Um dos muitos endereços encontrados pela agente. O imóvel tinha aspecto de velho. Um rústico extremo, um mau gosto explícito esparramado pelo tapete, pele de algum animal.

Não seria mais indicado um restaurante? Perguntava-se em silêncio a policial. Mas isso não importava! Alexandra estava determinada, ela iria ali ou em qualquer outro lugar.

— Um suco ou uma água? — repetiu. Enquanto isso, pela transparência da janela os relâmpagos iluminavam o horizonte. Pequenas pedras de gelo eram atiradas na vidraça pela força do vento.

— Não, obrigado! — respondeu. E dessa vez sorriu. Tudo tão bem executado, pensou. Estavam tão bem preparados para recebê-la! Não era difícil enxergar em cada detalhe um traço, uma vírgula. A rima de um verso perfeito brindando ao capítulo idealizado por aquela mente assassina e fria.

Decidiu: não iria se impressionar por nada, aquele homem não devia morar mesmo naquele lugar. Talvez uma casa de campo, talvez nem o motorista o fosse! Aquela mulher com uniforme de arrumadeira também não, estavam todos ali combinados.

É por isso que existe um departamento dentro da polícia destinado aos transtornos psiquiátricos. Ninguém é tão forte. Por trás dos uniformes escuros e seus distintivos dourados, existem homens e mulheres comuns tentando parecer melhores.

14

Estatuetas escuras

Em uma sala gelada, um sofá macio de couro marrom, almofadas grandes e soltas. Um perfume ainda verde derramado, uma essência tão rara quanto agradável.

Ali, espalhado pelo ambiente, esquecido pelos cantos propositalmente, um luxo tanto quanto rudimentar. É o conforto! São essas e outras extravagâncias que saltam aos olhos, tudo que o dinheiro pode comprar.

Uma senhorita morena-clara, com um metro e setenta de altura, está ali parada. Ela deve ter em torno de sessenta e cinco quilos, aproximadamente vinte e seis anos de idade. A moça está à sua disposição e a policial a observa pelo vidro da janela. Parece nervosa.

Serviçal desse povo que tem dinheiro! Não deve ser fácil aturar essa laia com seus nojos. Melhor trocar tiro com vagabundo, pensa. Não seria um tanto indelicado por parte de seu anfitrião fazê-la ficar ali plantada?

Mas ela não questiona. E, para falar a verdade, nem se importa. Não está ali pelo jantar, muito menos pelo passeio em meio a um temporal.

— Qual o seu nome? — pergunta, quebrando aquele silêncio que já estava ficando insuportável.

— Clarice — respondeu a empregada, e sorriu o pior sorriso, fabricado apenas para aquele momento.

— Quanta chuva, não é mesmo, Clarice?

— Aham.

— Faz tempo que trabalha aqui?

— Três anos — respondeu a moça, cuja timidez se percebia no tom da fala.

— É um bom tempo — completa Alexandra com suas intenções. — Você deve gostar daqui.

— Gosto, sim! — continuou a serviçal.

— Então você conhece bem o seu patrão... o Luis Fernando.

Isso ela não respondeu.

— Só um pouco. Depois. É que ele viaja muito!

— Viaja, é?

— Você também é repórter? — perguntou a moça, querendo saber se ela era outra biscate.

— Não! Mas por quê?

Inevitável. Ambas sorriram.

— Tem uma repórter que vem aqui, não é mesmo? — insistiu a convidada, em um tom de voz mais baixo.

— Duas vezes. — E cochichou bem baixinho: — Loira entojada! E só vai embora no outro dia. — Depois percebeu que estava falando demais.

Mas era feito! Aquilo poderia lhe custar o emprego, pensou Clarice. Ela havia recebido ordens para fazer sala para a visita, não para fofocar sobre as intimidades do patrão.

Talvez ela até confabulasse mais, porém o barulho da porta batendo interrompeu aquele interrogatório informal. A policial lamentou não ter iniciado aquela conversa antes. Nesse momento Luis Fernando entrou no ambiente. Clarice se retirou quieta. Pequenas falas entregam grandes informações. Pareceu até que ele estava escutando, ou alguma daquelas estatuetas horríveis fora lhe contar.

Ali estava um homem educado e sorridente, um anfitrião culto e atencioso. Talvez um criminoso bonito, sedutor e muito inteligente, pensava discretamente a agente. E tem esse um senso emocional notável, aliás, pertinente à personalidade obscura dos maiores serial killers. Imprevisíveis!

Na mente daquela investigadora, por algum motivo, ele já havia sido preso, julgado e condenado à pior pena. A pior cela. A mais escura! Sombria, uma com cheiro de mofo, donde não veria um único raio de sol.

Alexandra parece estar levando esse seu faro um tanto às cegas, quando, assim, pode perder-se o que chamam... a "visão periférica" do caso. Cuidados redobrados se devem tomar. Inúmeros os enganos, os contos policiais com miseráveis desfechos. Não se condena tampouco se dá por inocente enquanto o caso não estiver totalmente resolvido.

Mas ela tinha, sim, os seus motivos, camuflados, escondidos, moradores das esquinas escuras dos parágrafos daquela obra de suspense, a página setenta e três.

A propósito... O autor a autografará ainda nessa noite. Eis o objetivo daquela visita. Mas não antes de jantar com aquela linda mulher. E o fato de ela ser uma policial, bem, isso apenas o excitava ainda mais.

— Agente Alexandra — diz com seu melhor tom de voz, e sorri.

— Hoje somente Alexandra, senhor Luis Fernando. Não estou a trabalho — mentiu descaradamente.

— Se é assim... — respondeu ele, segurando ainda a sua mão. — Você, Alexandra, e eu, Fernando. Que tal? Meus amigos me chamam dessa maneira. Luis era meu avô, um velho inglês que viveu por estas terras. Mas que seja esse um assunto para depois! Ou para o nosso jantar. Venha, Alexandra! Vou pedir para servir. Você come bacalhau?

— Sim — respondeu a policial federal.

15

O telefone e a madrugada

São exatamente 3:23 da madrugada. Instante em que as ruas ficam completamente vazias. O vento se aproveita dessa solidão para passear pelas calçadas, agora bem mais frias. Está serenando, a noite deu lugar à madrugada, e essa o dará ao dia. Quanto ao sereno... é apenas uma fumaça vaporosa, o próprio orvalho que subiu com a manhã e agora torna para donde partiu.

Essas gotículas miúdas de água formam sobre o asfalto um espelho traiçoeiro. Aparentemente inofensivo, nostálgico. Esse encontro reflete a lua e as estrelas. Causa acidentes aos desavisados que ignoram o perigo. E por falar em perigo... Nem todos dormem.

Os morcegos são animais nojentos! Saem para caçar sob a escuridão da noite. Há quem goste desses bichos! Fato é que existem animais bem piores.

É que em um canto dessa cidade tem uma boate repleta de luzes coloridas. Mulheres bonitas ganhando a vida com pouca roupa. E tem também bebidas importadas caríssimas, pouca tolerância, poucas normas, nenhuma lei e nenhum escrúpulo. Aqueles animais que o parágrafo anterior citou... Eles moram aí! São conhecidos como criminosos. A propósito, onde está a polícia?

Vigilância nenhuma! A especialidade da casa é servida, drogas pesadas e armas automáticas! Tudo é permitido, tudo é liberado. Uma festa regada a luxúria desenfreada; vidas são oferecidas sobre uma bandeja inoxidável. É o brilho das luzes e do supérfluo, vagabundo fazendo negócio com vagabundo.

Regras? Não, regras não há. Deixemos isso à sociedade, uma grossa fatia da humanidade que levanta bem cedo, carrega silenciosamente esse e outros safados nas costas, não comem tão bem, mas sonham enquanto podem que um dia serão felizes.

Quanto aos contraventores que bebem em taças de cristal, não serão perturbados. Quer mesmo saber onde está a polícia? O silêncio daquela noite já foi comprado. A exatamente duzentos e cinquenta metros dali, dentro de uma viatura, dois agentes repartem um valor bem maior do que os salários que ganhariam arriscando suas vidas. E quem disse que o crime não compensa? Dão risada, já que suas mães e seus pais não os podem ver nesse segundo.

Existe uma banda podre sem escrúpulos. Isso nunca foi uma novidade; caminham pelos mesmos corredores das delegacias cheias de outros safados. Existem os maus, que mancham a categoria por algumas notas com cheiro de tinta fresca. Assim como existem os bons policiais, que darão suas vidas para proteger a sociedade.

Quanto aos canalhas, cedo ou tarde caem nas mãos da corregedoria, amargam a sensação de amanhecer em celas de dois por dois, ou pior, depois de usados, por algum motivo, vão ao tribunal das milícias. Cúmplices maiores! Banda pior ainda! Esses se julgam donos da verdade e sobre a própria lei sonham que caminham. Suas penas piores são bem mais curtas. Ninguém quer!

Mas o telefone está tocando. E uma voz sonolenta atende. Antes mesmo de dizer algo, escuta aquela música infernal!

— Michel — sussurra e sorri aquele timbre rouco de álcool e drogas. — Michel, por que você não vem para cá? Estamos precisando conversar, amigo.

Michel o reconhece, sabia que viria em breve. É uma sensação, algo entre a premonição e a certeza, prima da insegurança, que gera uma angústia constante e só se dissipa quando a janela do problema é devidamente trancafiada.

— Passe amanhã no consultório — responde aquele que usa o pijama. — Pode ser, amigo?

— Michel... Michel. Ah, seu filho de uma puta! Você tá me dando ordens, é isso?

Segundos de silêncio com o fundo de uma música alta e vozes alheias ao problema.

— Claro que não! Imagina! Olha, eu... — gagueja. Está vacilando em seu discurso. Não é a voz ou a oscilação do sinal do celular. É o medo!

— Só pra saber, Michel! Olha bem, só porque eu sou o melhor amigo que você tem! Você sabe quanto perdemos na última ação da polícia lá no porto? Você sabe? Você não sabe, né? Não faz ideia?

E novamente o silêncio.

— Não você não sabe! — prossegue com um tom de voz, feito fosse o dono de sua vida e do seu destino.

Aquele que está do outro lado da linha está bêbado, drogado, e com algumas palavras da sua boca decidirá se Michel continuará a viver ou não. É bem assim que funciona.

Mas ele precisa! Precisa daquele que até há pouco sonhava. Michel é um informante. Além de exercer a psiquiatria, ele passa informações da polícia para o tráfico.

— Mas você sabe contar o dinheiro que aparece aí na sua porta! — grita do outro lado da cidade aquele traficante arrogante. — Ah, isso você sabe, Michel! Pagamos por informações — prossegue no mesmo tom ameaçador. — Você está me escutando? Pagamos para você nos dar informações! Não pra você ficar comendo aquela policial vadia. Amigo... Só um conselho! Da próxima vez você vai ter que nos pagar o prejuízo!

Desligou. A paz foi embora, a angústia se deitou do outro lado da cama. Puxou-lhe a coberta e o sossego, o sono se atirou pela janela do décimo quinto andar.

16

O jogo

O Jantar.

Bacalhau à Brás!

— Pra que todo esse luxo, senhor Luis Fernando? — brinca e pergunta ao escritor a convidada.

Quanto ao anfitrião da noite, não sabe, mas corre perigo encantando-se por aquela fala mansa. Ela é uma policial experiente, uma mulher madura. Embora não aparente, está habituada a inúmeras situações adversas, um traço característico da profissão escolhida, e irá com aquilo às derradeiras consequências.

— Estou feliz que esteja aqui, Alexandra — responde. — Muito mesmo. Admiro a sua coragem, admiro pessoas assim! Sério!

Levantou delicadamente a cadeira para que ela não fizesse o menor barulho. Puxou-a para que sua nobre convidada se sentasse.

— Preparamos o jantar com infinito carinho. Gostaria que soubesse.

— Obrigada — responde a agente. — O senhor me admira? — perguntou como se estivesse mesmo surpresa. Dissimulado, pensou, não se pode esquecer quem é a estrela aqui.

— Você — pediu o cavalheiro. — Alexandra, lembra? Combinamos. Pode me chamar de Fernando. Aqui eu sou apenas o Fernando, gosto de brincar com os cachorros, tenho uma coleção de selos antigos. Alguém como outra pessoa qualquer. Mas me conte... Como é o seu dia a dia? — perguntou, dando a volta. Sentou-se também. — Digo, ser uma policial e ao mesmo tempo uma pessoa tão encantadora? Isso daria um ótimo livro! Já pensou...? Eu escrevo! Qual seria o título do seu livro, Alexandra?

Ela balançou a cabeça.

— Não está sendo sincero — respondeu sem rodeios. — Na verdade, está tentando ser gentil. Entendo. O senhor... quero dizer, você não me conhece. Se me conhecesse um pouquinho já teria percebido que não sou nada encantadora. Mas fico feliz se essa foi a impressão que causei. Nem sempre é assim. Aposto que a sua vida é bem mais interessante que a minha. Ou acha interessante correr atrás de bandidos e assassinos?

Alguns segundos de um tempo congelado. A verdade é que ele está paralisado à sua frente. Ela é fascinante!, pensou Luis Fernando antes de propor o brinde. As palavras da policial não surtiram o efeito esperado.

— Está bem — concordou aquele homem elegante. — Se prefere dessa maneira... Sou um livro aberto em suas mãos! Vamos! Pode perguntar o que quiser. Um brinde! Eu proponho um brinde à sinceridade. Que tal? E que seja essa a nossa marca para esta noite e para a nossa amizade. Que seja sincera, e também duradoura.

Bom menino, pensou Alexandra, erguendo a taça que o cavalheiro já havia servido. O som agudo do cristal é quase uma música para os apreciadores.

Refletiu o brilho do lustre, e esse brilho de estrela, a taça, a bebida tinta, e o mistério, estavam todos dentro daqueles olhos pretos brilhantes.

Que mulher é essa? pensou o anfitrião da noite.

— Ao nosso encontro! — disse. — E que ele seja perfeito!

— Sim — confirmou a sua ilustre convidada, tão segura — que seja perfeito!

A questão era... O que cada um deles definia como perfeito? Para o nobre galanteador seria aquela mulher nua na madrugada. Para ela, sobretudo para a policial, aquele indivíduo devidamente bêbado, falando demais.

Uma estrada à beira de uma serra, a noite escura, as curvas e o chuvisco, a velocidade aumentando a cada segundo, o precipício, assim se define esse jantar.

E tentava, o anfitrião! Tentava, mas não conseguia disfarçar sua fascinação por aquela estranha. Moça audaciosa, pensou, no mesmo instante em que deu o primeiro gole, e em vez do gosto da bebida, ficou imaginando o sabor daqueles lábios perfeitos.

Quanto à agente... Sim, ela já havia percebido que ele a olhava nos olhos cheio de segundas intenções. Uma mulher percebe quando está sendo desejada.

Ele a olhava, ora através da transparência do cristal, ora por um espelho redondo donde se podiam ver as suas costas. Será que isso foi planejado? Mas veio decidida, preparada para jogar até o fim.

— E então, o que quer saber, Alexandra? Vamos lá!

Nesse instante a serviçal começou a servir a mesa. Involuntariamente ela interrompeu aquela sequência perigosa. Sorrindo, serviu Alexandra primeiro.

— Cheiro bom! — disse a policial.

— Acho que o meu livro seria... — retomou a brincadeira cheia de propósitos. — Vamos começar pelo seu, Fernando? Que tal começarmos por um título? Poderia escrever algo bem romântico com as suas doces poesias.

Alexandra deixou escorrer para fora do seu prato algumas gotas de ironia. Ainda bem que a ironia não manchará a toalha branca.

— Ou talvez um livro de suspense com um perigoso serial killer — prosseguiu com sua fala de múltiplos sentidos. — O que acha?

— Por que você não escolhe? — respondeu o anfitrião dentro do mesmo segundo. Ele a surpreende, sabe mesmo como fazer. Já sabia das intenções da moça. Porém, correr aquele perigo lhe causava uma sensação nova.

Como um bom garimpeiro de histórias, estar ali era algo surreal. E também, claro, ela era uma companhia diferente, e isso o atraía cada vez mais para uma armadilha cuja isca... Bem, a isca para aquela fera sedenta estava escondida por baixo das suas roupas íntimas.

— Está bem! — responde a agente, tomando seu primeiro gole da bebida tinta. — Eu já escolhi! — falou, de modo sério. Ela é mesmo uma mulher misteriosa.

— Então diga. Pelo jeito é um suspense — disse e riu. — Por que você é assim?

— Assim... como?

— Misteriosa, sei lá. É coisa de policial, não é mesmo, Alexandra? Não vai precisar disso hoje, não vou roubar nada.

Ele riu da piada de péssimo gosto, ela não.

Por um espelho redondo ele podia ver seus cabelos pendurados escondendo o encosto da cadeira, que se enrolam nas pontas e quase tocam o chão. Uma gota e meia da sua sensualidade, como se uma simples imagem exalasse uma fragrância que o convida a uma deliciosa sobremesa.

— Pois o meu livro será uma comédia! — respondeu ela, surpreendendo-o.

— Uma comédia? Isso mesmo?

— Sim! — confirmou Alexandra.

— Estou surpreso — observou o escritor. — Eu achei...

— Achou o quê?

— Bem... nada, não. Acho que não faz o seu tipo, sabe? Por que não um...?

— Achou que seria um policial ou um suspense? — interrompeu a agente. — Não, eu escreveria uma comédia, uma comédia trágica.

— Uma comédia?

— Sim, isso mesmo! Dessas em que fazem a polícia de idiota para rirem no início, e depois choram no fundo de celas repletas de mofo. E qual seria o seu livro, Fernando? Contei o meu.

— O meu...

Ele pensou um pouco, pensou no que iria dizer... Pensou demais.

— Amor sem fim! — respondeu. — Amor como o de Alnilam e Arthur. Mas não vou lhe contar mais nada! Leia o livro!

E sorriu. Escapou liso como um bagre. Aquilo era um jogo! Um jogo muito perigoso em que ambos faziam suas apostas. O que poderiam ganhar? Ele colocaria todas as suas fichas sobre aquela mesa. O prêmio que tinha em mente valia qualquer esforço. Para ela, bem, ela estava fugindo das regras, e se algo desse errado não teria como justificar.

Quanto à polícia, será, Alexandra? Conta! Agiria dessa maneira? Até onde uma policial vai para resolver um caso? Um jantar na casa de um suspeito não é demais? Parece que a convidada está bebendo além da conta! Assim as palavras escapam, sua tontura vai aumentando, mas não chegou ainda ao limite da sua obsessão por aquele caso.

Mas é que do outro lado da mesa tem um homem se encantando! E essa história poderá se complicar no final. Ela não se parece em nada com aquela mulher tão linda quanto fácil. Ela não é a repórter loira dos olhos azuis, esse coração não será cativado por seus devaneios, ele é mais blindado que um cofre.

Quão intenso está se tornando esse encontro! Se de um lado senta-se um homem aparentemente tranquilo, encantando-se lentamente, um possível contraventor, talvez um assassino frio, do outro lado está uma linda mulher extremamente segura. Uma legítima ilha, a milhares de quilômetros daquela enseada.

E ela é tão verdadeira... quanto dissimulada! Sorri com simpatia, fala com uma voz aveludada, mas o está enganando! Ela o está enganando... sussurra sua intuição. Ou talvez não! Retruca uma pontinha de esperança.

O nobre cavalheiro está em perigo! Não percebe? Seus pés estão à beira de um precipício. Tem uma lama vermelha sob os calcanhares, e toda aquela chuva está lavando o capítulo. Isso os torna suscetíveis a erros, deslizes. Ainda mais quando se tem nas mãos um bom vinho tinto.

O acaso em pessoa está torcendo para que caiam e as páginas se carreguem de emoção. E as consequências, bem, essas poderão vir junto com o café da manhã. Que tal no mesmo quarto?

Quanto à dama de espadas, ela nem balança em meio a esse turbilhão. Usa os trajes da justiça por baixo das roupas e da maquiagem suave. Quão atraente senhorita! Como imaginar que aquelas mãos tão delicadas já tiraram a vida de alguém? Ele consegue. Um assassino em série talvez não, mas um escritor, sim.

Mas isso não se trata de uma biografia! O assunto pertinente a essa noite é demais desagradável! Cedo ou tarde saberão! Foram três garotas, todas jovens e muito bonitas.

Toda a vida pela frente, planos e sonhos que se esfriaram, deixaram de existir com elas, e todas tiveram algum contato com ele. Para Alexandra, claro demais! Era preciso provar, e aquilo já se havia tornado uma questão pessoal.

O relógio escuro da parede vai dando suas voltas. A conversa se vai tornando mais descontraída, as palavras vertem de uma forma natural, são lisas, estão livres. A razão vai aos poucos se distraindo. As fantasias por um pouco mais se sentarão à mesa para jantarem também.

Culpado! Momento em que aquele martelo de madeira bate com força! É madeira sobre madeira, é a justiça sobre a culpa, é a sentença sobre o réu! É a razão tomando as rédeas no último momento.

Após o sexo, sem um fio de cabelo sequer deixado... Tão frio e calculado, tão bem feito o mau feito! Tão perfeito esse imperfeito! Ao final, depois de sonharem que haviam sido amadas, elas foram estranguladas. Ainda bem que não existem segredos perpétuos. A justiça, sim, é uma vingança, uma vez que seu prato é quase sempre servido gelado.

Que assunto para o jantar! Que jogo perigoso esse que jogam! Que capítulo escuro esse pelo qual caminham de mãos dadas a certos sentimentos!

Ao final daquele jantar, tão gentil, um verdadeiro nobre, ele fez questão de chamar a cozinheira para apresentá-la à visita. Uma senhora de meia-idade, meio sorriso, meio olhar. Entrou na sala de jantar acanhada, nada falou, apenas cumprimentou Alexandra com um breve sorriso. Saiu calada.

Agora, como há tanto esperado, o propósito único para aquela linda mulher de cabelos pretos estar sentada à sua frente. Não tinha como não olhar aquele decote. O cordão com o distintivo dourado dessa vez não lhe faria inveja. Ele não estava ali, esquecera a nobre o amuleto de sua proteção.

Ele se levantou, sorriu. Você conseguiu ler aquele pensamento? Chega a causar arrepios sua frieza. Aquele jeito diferente que ele a olha. Lentamente deu a volta pela mesa e se colocou atrás da policial.

Colocou as mãos sobre o encosto da cadeira. Tão próximo ao seu pescoço, ela estava de costas. Que resistência teria? Morreria mais rapidamente do que a duração de sua derradeira refeição. Era possível ver sua pulsação sob a sua pele morena-clara.

Antônimos e sinônimos de péssimo gosto! Um arrepio mórbido! Palavras são sussurradas somente ao pensamento. Um medo contido, uma sensação de ira com desconfiança.

— Venha, então! — disse ele, delicadamente puxando-lhe o assento. — Vamos ao escritório. Venha comigo, Alexandra. Qual o significado do seu nome?

— Aquela que protege. Apenas isso — respondeu.

E enquanto eles caminhavam, de algum modo, noutro tempo, o livro de Alnilam... respirava.

17

Desencontro

A Primavera em Monsaraz é algo mágico.

Uma tarde e um vento, um capítulo e uma marca deitando-se sobre o relógio do tempo. Como se dobra suavemente a relva aparentemente seca! Que perfeito esse balé com a sua brisa.

É viva por dentro! Em seu tempo, aguarda tão ansiosamente que um sol a desperte. É real? É uma poesia? E sussurre! E lhe diga: acorda, amiga! Eis findada a vida daquele que se chamava inverno.

Uma sombra, um tom sobre o azul-alaranjado, um céu, um momento insistentemente combinado, uma lacuna no espaço-tempo, um instante, um risco e um sombreado. São tons de cinza e acinzentado!

Feito pudesse mesmo uma única e mísera cor se transformar em outra mais bela. Um quadro perfeito, a lógica sendo desafiada pela sensualidade da aquarela. Fala-se do inverno! Ao final desse, quando a ausência das cores vai dando lugar... à vida!

É que as águas e o vento pelas folhas ao passar, e até a chuva, os pingos que viajam e findam naquele lugar... são testemunhas dessa mágica troca das estações. E quando juntos, formam um verdadeiro coral, uma sinfonia simplesmente perfeita!

E tudo e tanto, do barulho do vento, o trovão do temporal, a brisa passeando pelos cabelos do canavial, se faltar uma única gota de toda a tormenta, eis que da melodia estará faltando um pedaço! Quem sabe se das notas não seria a mais linda?

Não é ainda findado! Silêncio, nobre espectador, vai começar o próximo ato.

18

A rainha e o plebeu

II Ato.

Todos os atores da peça sobre o palco. Começa a música, e quando ela findar... abram as cortinas!

Eis que se aproxima a carruagem real. É tão raro um nobre fora dos muros altos, é tão bela a sensação que o povo tem de estar tão próximo.

Vê como é notável essa veneração? Essa paixão descabida que os súditos têm por sua rainha e seu rei? Tanto sentimento de um lado, um discreto gesto do outro.

Mas se com tão pouco é feita a alegria desse povo! Se das migalhas se banqueteiam... seja o sorriso concedido à plebe! Com certeza, desse modo mais que imperfeito, a nobreza também os ama.

Que seja validado o insignificante esforço da realeza! O discreto cumprimento. Ao final do livro, o que mais importará, tanto ao povo quanto aos nobres, às crianças indiferentes às surpresas do futuro, ao trabalhador ou à bela mulher lavadeira, é se foram ou não felizes, se eles fizeram, ainda que em páginas, como se fosse real, suas vidas terem valido a pena.

E vai deixando a carruagem escura além do rio, a poeira, o barulho das rodas de madeira sobre as pedras, um menino de cabelos claros, sardento e olhos azuis, uma linda camponesa com seis anos de idade com o seu melhor vestido, de tulipas amarelas, um trabalhador com sua ferramenta às costas e uma linda camponesa a lavar suas roupas no riacho de águas tão claras quanto frias.

Eis que essas águas fogem por seus dedos e a acariciam ao mesmo segundo. Leva da roupa a poeira, da mulher um tanto do perfume e da juventude... Dissipa do algodão outrora tão branco a sujeira, e ambos, tanto essa lavadeira de roupas quanto o rio, nem imaginam que estão em tanto tão simples, intimamente unidos, pois não existiria um se não existisse o outro.

Mas como chacoalham e reclamam as rodas sobre as pedras! Parece que o próprio capítulo se acomoda com o balanço da carruagem. Por que tem de ser tão linda às dez horas da manhã em Monsaraz?

Foi embora o temporal, esqueceu um lindo dia. Tanto em um perfume sobrenatural! O alvoroço daquele povo ansioso de ver ao menos os cachos vermelhos dos cabelos de Sua Majestade, e quem sabe, por sorte, um aceno. Um sorriso seria memorável!

Mas quem são essas rubras tão miúdas à beira do caminho real? Fechadas, ainda guardam o melhor de todos os perfumes. São as onze horas vermelhas, sobreviventes à fria estação que ficou para trás! Aguardarão apenas mais uma hora para se exibirem. Suas vidas pelo frio foram poupadas, pequenas e insignificantes flores vermelhas e rasteiras. Eis que agora habitam à borda dos capítulos.

Abrem ao mesmo instante! É como se soubessem o momento exato, germinam pelo meio das pedras, com o limo que a chuva carrega e perde no mesmo tempo. Contentes com tanto de nada! E ainda assim são capazes de encantar.

Eis o maior dos seus espetáculos! Uma existência de ensaios para quê? Ninguém perderá tempo para lhes dar a merecida atenção. Não pagarão por essa apresentação! E ainda assim... Todos os dias elas se revelam com o melhor que têm. Se por um pouco mais se esticam, acabam esmagadas pelas rodas de madeira.

Onze horas por quê? Deveriam se chamar preguiçosas. Afinal... confessa! Confessa, poeta! Quem as banha com tanto aroma? Na calada da noite, mais uma de suas rimas, uma história inventada, ou seria na escuridão, quando ainda é madrugada? Ou... desculpa perguntar! Quem lhes permite acordarem assim perfeitas, tão adornadas?

Vinha ao ritmo do galope a charrete! Como se divaga em uma simples manhã! Ao compasso do som das ferraduras cravadas nos cascos dos animais. Aos socos! Ao laço! Ao grito do cocheiro! Ao corte do chicote! É o couro ferido à força. É a força regida pelo braço! Produzia um som capaz de entrar pelas janelas e sair pela porta dos fundos dos casebres.

Dobrem os joelhos! Gritavam os soldados que vinham à frente, enquanto o povo se agachava ao chão. Mas não todos! Essa plebe empoeirada e mal-educada, alguns em pé ficavam. Mas não era a falta de modos ou o temor ao seu rei. Eufóricos! Até corriam ao redor da carruagem, na esperança de ver ao menos um pouco do sorriso real.

Mas é que justamente nessa página! Ah, destino, que tudo já trazia tão pronto! Miserável... Calma! Calma! Eu já conto.

Cachos de cabelos vermelhos escarlates pela janela pendurados. Despercebidos fios brilhantes sob a luz daquele sol recém-despertado! Brilhavam refletindo a luz daquela manhã, dançavam com o ritmo daquela brisa que vinha chegando.

Atrevido vento mansinho! Tocava com tanto cuidado nos cachos reais! Um toque quase que imperceptível! É desse jeito perfeito o carinho!

Um tanto de afago, dois de um certo mimo, cem gramas de um sentimento sem nome, outras de um poema mal-intencionado.

E os beijava, o atrevido! E os cheirava também. Pelas estrelas estava previsto, faziam ambos, como sempre o ensaiado, do jeito imperfeito que estava escrito.

Não sabe, vento brisa? Que poderá ser passível da pior condenação? É proibido tocar nos cabelos reais!

Nem brisa! Nem vento! Nem mesmo o temporal! Não têm esses do universo tal permissão. Vigia! Recolha-se a plebe a donde pertence, vento assanhado... Tire a mão.

Mas quanto mais advertia as linhas da obra romântica ao personagem abstrato, mais esse, feito criança, brincava com os cabelos que se atiravam pela janela da carruagem.

Cuidem! Cuidem! Advertia o cocheiro aos gritos. Ou se apaixonam até o final da viagem.

Dedicado à rainha.

Eis que mãos de infinita delicadeza repousaram sobre a janela. Eram elas... As que sob a água banhavam aqueles fios rubros, e conheciam desses os segredos, os desejos, os sonhos e até os medos.

Triste momento! Fatídico instante! Em seus dedos... o anel de puro diamante! Pedra gelada sem vida! Fora coberta por outra mão suja e suada. Por quantas manhãs, mal se sabe, na verdade o tempo pelo qual essa era aguardada, pretendida.

E nem sonhava a outra, tão pobre, o quanto lhe custaria tal atitude proibida. Chegar tão próximo! Onde estavam os guardas? Malditos, ordinários e incompetentes! Passíveis de açoite ao chicote! Permitiram ao desconhecido tocar, acariciar com os seus dedos rubros daquela terra a pele perfumada de uma nobre. Possivelmente um ladrão!

A cor daquele chão tão escuro, o tom da sujeira, a tinta que o suor forma misturando-se à poeira. Acreditem! Assim é contada a história! Essa deixou marcada, sobre a renda branca tocada, sobre o diamante gelado, valioso e sem vida. A veste real, tão alva na outrora, se encontrava agora partida e manchada.

Pobre camponês! Pensavam atônitos os que ao espetáculo viam. Esse parecia perdido, desorientado. Tão jovem... Um menino! Sussurravam. Feito estivesse no lugar certo combinado, mas pelo espaço-tempo iludido, enganado.

Os parágrafos próximos hão de explicar! Que se esclareça! Pois que seja assim decretado. Os animais foram parados sob o sol daquela manhã de primavera, e ali mesmo talvez fosse a sua pena executada, tamanha a fúria do rei ao ver a audácia daquele jovem.

— Que lhe seja dado o devido castigo! — gritou o capitão daquela guarda. Porém a rainha, com todo o seu amor, vendo que se tratava de um moço, pouco mais que um menino, nem se deu conta. Estava escrito em seu destino! A elegância da nobreza, a delicadeza de uma flor. Sobre a terra vermelha colocou os seus pés! Tens a manga da veste marcada! Mas ainda assim ela intercedeu e gritou.

— Soltem-no!

Eis que toda a Monsaraz escutou, e a sua ordem real, no ato foi atendida.

Mas é verdade que o levaram acorrentado até o calabouço, por dentro das muralhas, no lugar mais escuro e gelado do castelo. Um assunto a ser encerrado!

— Eu o soltarei! Eu o soltarei!

Garantiu à esposa aquele rei. Tamanha era a sua insistência em defender aquele moço, infeliz desconhecido, mas não sem antes açoitá-lo.

Estava resolvido! Era caso encerrado, tudo então perfeitamente definido. Não se transformaria em herói ou personagem! Não fosse sua voz rouca, que das profundezas do calabouço gritava o nome do seu amor...

— Alnilam!

19
Eclipse

Sobre o palco, apenas a rainha, o prisioneiro e um guarda. Acompanhem os oboés e os violinos.

Quando chegou a madrugada, tão fria e gelada, a brisa entrou por uma das janelas. Balançou a cortina vermelha rendada, e o sono se ausentou pelo vão da porta semiaberta.

E foi nesse parágrafo, justo nesse verso que a nobre despertou.

Feito como tinha de ser! Do jeito que tinha de acontecer. Do modo que pelas estrelas havia tanto tempo estava escrito.

Seu vestido de seda claro, tão perfeitamente desenhado, deslizando suavemente pelos degraus sujos de limo. Nas paredes que guardavam a prisão, em um tom mais escuro, até seu balanço, ao som daquele remanso, era fielmente duplicado!

São sombras! Apenas sombras... A cada degrau que descia, eis que a vontade a tomava pela mão, o medo lhe avisava, mas o desejo a possuía. — Cuidado, Vossa Majestade!

Um ruído! Um gemido, depois uma calmaria.

É só o barulho do vento!

Toma tento, ó minha rainha! Eis que daqui para a frente, se quiser irá só, não te acompanhará a poesia.

Ratos e cheiro de urina! Gemidos. A escuridão! Porém, o desejo de saber, a necessidade que tinha de entender, eram maiores que todo aquele reino.

— Fique aqui! Bem aqui! — ordenou ao guarda que a acompanhava. — Descerei doravante sozinha.

O fogo na mão! A cada degrau maior é a ansiedade! Infinito é o silêncio! O som do vento, a intensidade do seu pulsar e o da própria respiração.

¬¬— Quem é você? — perguntou ao prisioneiro.

Então ele se aproximou, e um feixe de luz clareou o seu rosto.

Eis o ápice de uma peça, escute o silêncio! Como puderam? Venceram o próprio tempo! Perecera a lógica. É que entre ambos novamente, num encontro, o passado e o futuro em um só tempo! Ele um prisioneiro, ela no ventre de sua mãe. Separando-os novamente, uma grade de ferro fria.

Ao perceber a rainha, o jovem aos seus pés se ajoelhou.

— Alteza — disse.

Ela, uma senhora, ele apenas um menino! Como caminha e lateja essa dor! Como brinca com esses o acaso, tampouco sorri de cada qual seu destino! E enfim respondeu: — Eu busco por um amor.

— Perdoe-me! É que tens os cabelos da minha amada. Perdoe-me, Majestade! E dessa vez... — suplicou.

— Como pode ser? — respondeu a mulher. — Como posso entender? Percebo a verdade! Pois esse nome que ainda nem nasceu... Olhe para

mim! Como chegou aqui? Eis que esse nome é conhecido apenas por essa que fala com você!

E se achegou mais próxima... E à lavareda, eis que à luz revelou. Ela estava grávida.

Saiba, desconhecido! A princesa que está em meu ventre, essa atenderá por esse nome! Como pode tê-la então conhecido?

Uma prisão! Na madrugada, um estrondo e um clarão! Um desencontro. A força do destino que escreve suas existências com o pior gosto.

A falta de sorte! Um terrível encanto. Um alvorecer alaranjado! O vento da primavera ainda é gelado.

E dessa vez foi ela, sem entender o motivo, com infinita delicadeza, que tocou em sua mão.

Dezessete anos era tempo demais para esperar! Ele haveria de envelhecer! Como explicar? Como duvidar? Como entender? Eis que dois diamantes dos olhos da nobre sobre a sujeira e o sofrimento daquele jovem se despedaçaram... Nada havia a ser feito!

— Pois que seja por esse afeto! — decretou a nobreza ao menino. — Já que carregas tamanha dor! Um verso imperfeito. Uma pena por demais pesada! Por tanto sentimento, por tanto amor, que seja desse tempo prisioneiro. Um infeliz clandestino!

Então ele foi se agachando, dobrou seu joelho aos pés da rainha. Tocou em seu ventre com suas mãos trêmulas e encardidas. Escondeu do brilho o seu rosto tão jovem, entendeu seu destino.

Mas que fartura de desencontro! O lamento, o som de um nome. Foi tudo, o tão pouco que ao jovem restou.

20

Após o jantar ficaram: uma policial e um suspeito

Caminhavam então em direção ao escritório, Alexandra e Luis Fernando.

— Vejo que está com os dois — disse ele. — Meus dois livros em suas mãos!

Um sorriso de satisfação. E ele ainda buscava insistentemente olhá-la no centro dos seus olhos escuros. Instante em que se enxerga além... diz-se.

Um ilusionista, talvez um farsante! Quem sabe um mágico de circo de quinta? Ou até mesmo um escritor brilhante? Afinal, quem era aquele que caminhava ao seu lado por um corredor semiescuro? Até parecia mesmo tantos em uma única pessoa. Faz ser real o que nunca existiu. Que malabarista de sentimentos, eis ali uma pessoa totalmente imprevisível! Adjetivos pousando e decolando do pensamento da agente.

E ele esperava apenas uma oportunidade. Uma única chance que lhe concedesse, por tudo que fosse o acaso, aquele segundo! Momento em que os brilhos se encontrariam. Instante de cumplicidade. O eclipse! O ápice daquele jantar cuidadosamente planejado. Minuto em que se tem a chance de demonstrar algum afeto sem nome. Artifícios da mais pura sedução.

Porém, aquela ilha tão distante quanto misteriosa não o olhava nos olhos, ali dentro, como ele desejava! Não da forma que aquele homem havia planejado. Não ainda.

Se de um lado, por parte do cavalheiro, há o desejo da posse, do outro existe um coração totalmente blindado a sentimentos fúteis. Algo muito forte deve tê-la marcado dessa forma. Uma caçada. Não se pode sonhar com a visita do amor nessa página, mas com o desejo, sim!

A sede que alguns instintos têm não pode ser saciada com aquela água que está escorrendo pelo vidro da janela. Ele queria beber direto da sua boca, sua saliva ainda com o aroma do vinho. Parece que o anfitrião dessa noite anda mal-acostumado! E insiste, sem se deixar ser inconveniente. Não força, apenas a ciranda aguardando o momento apropriado.

E se esse tal momento não existir nesse capítulo, ele sabe como se comportar. Mais tarde aquele motorista a levará para casa em segurança. Talvez à meia-noite, como em um conto perfeito. Como você é linda. Pensa. Eis que determinados sentimentos transformam o seu portador em um idiota.

Mas ele será um cavalheiro, pois, além de saber com quem está falando, sabe muito bem como se conquista uma mulher.

Um trovão e um sopro da tormenta. O barulho. Alguém deixou cair algo no chão, o som do vidro partido vindo da cozinha. Pra que tanta água vindo do nada?

Antes de chegarem ao escritório, em uma daquelas salas, uma senhora de meia-idade, um livro em suas mãos, uma cadeira de rodas. A leitura e uma aparente conversa com a solidão. Sobre uma pequena mesa ao canto tem uma taça de vinho branco. O cheiro da bebida doce, um sorriso simpático, nenhuma palavra sequer.

Fernando não a apresentou! A mulher sorriu para Alexandra, até parece que queria conhecê-la, mas não disse uma só frase, apenas a cumprimentou discretamente. Muito... muito estranho, constrangedor.

Mas talvez tenha passado despercebido. Uma montanha passa à frente de um homem encantado por uma mulher sem que seja percebida. Isso não será anotado em seu relatório. Então a agente apenas retribuiu com um sorriso discreto.

— Tem lido o livro novo? — perguntou Luis Fernando pouco antes de entrarem por uma porta escura.

— Um pouco — respondeu. — Vai se decepcionar comigo se entrarmos nesse assunto. Não serei mais uma das suas tietes, amigo. — E de repente ela deixou que escapasse um pouco da agente, mas também percebeu que havia sido grossa. Talvez fosse o efeito da bebida indo embora. — Desculpe — falou baixo.

Ele nada respondeu. Talvez não tenha escutado seu pedido, talvez não tenha nem se importado com o deslize da policial. Que situação! Afinal, ali poderia estar um sedutor barato, um matador de mulheres indefesas, um assassino cruel!

Elas, as vítimas, após saciadas de sexo e cansadas pelo esforço de completarem os seus desejos, foram vítimas fáceis e indefesas. De que lhes valeram aqueles instantes de prazer? Os rostos vermelhos pelos açoites implorados. Sob a pele em brasa o suor vertendo na vã vontade de refrigerar-se? De que lhes valeram, se ao final pagaram com a vida? Um preço tão alto impiedosamente cobrado. E até sonharam, as tolas! Nos seus finais infelizes, que eram realmente amadas.

— Você sabia? — perguntou novamente Luis Fernando enquanto caminhavam. — Sabia, Alexandra? — insistiu. — Não existe uma recompensa maior para um escritor, ver ali os seus sentimentos. A essência desses, os mais secretos e os mais descabidos — sorriu novamente — nas mãos de um leitor! E saber que esses são lidos! — prosseguiu. — Descobertos, devorados, contestados até! Você está gostando? — perguntou em seu monólogo, dono de um tema que ele apenas dominava tão bem. — É o ensaio de uma peça — completou.

— Desculpe, Fernando... Eu não sei responder. Mas se quiser falar sobre a violência urbana, roubos de carros, as mais novas estratégias dos traficantes de cocaína, eu posso participar melhor. Ou talvez sobre assassinatos em série. Quer falar sobre isso? Porque esse é o tema que eu domino.

— Pois escolha então o tema — respondeu o escritor, novamente a surpreendendo.

Alexandra estava concentrada, um tanto ali e outro em seus pensamentos. Uma parte sua observava aquele homem tão educado, simpático, encantador, a outra imaginava o assassino em série. Uma linda mulher observando um perfeito cavalheiro, quase sorrindo. Talvez até... quem sabe? Encantando-se involuntariamente.

— Parece que o senhor também é um tanto misterioso, não é mesmo?

— Pode me chamar de você, Alexandra. Não precisa ser a lei esta noite.

— Acho que está me confundindo.

— E com quem eu confundiria alguém tão especial? — perguntou no mesmo instante em que a cortejou.

— Talvez com aquela... sua amiga repórter.

Luis Fernando sorriu. Ah, esse ego e a imaginação, quando juntos! E não é que parecia mesmo que ela estava com ciúmes? E isso foi tão bom, ainda que não fosse verdadeiro, permitiu imaginar.

— Eu não tenho nada com a Luiza Marina.

— Eu não perguntei — respondeu a policial, com uma fala peculiar. Para onde havia ido aquela mulher tão educada e atraente? Ela tinha rompantes, e isso o fascinava ainda mais.

— A sua vida não é da minha conta — prosseguiu. — Nem o que faz ou deixa de fazer.

Ele achava graça enquanto ela ia se enfurecendo por migalhas.

Abriu a porta do escritório, um rangido agudo a cumprimentou. Uma única nota de um violino solitário, a mais aguda. Então ela entrou na frente. Cortesia. Sentou-se em uma cadeira que ficava na frente de uma mesa escura brilhante, móveis tão rústicos quanto os da sala de estar. Um mau gosto que predominava no ambiente todo.

Mas talvez fosse o luxo! O extravagante, com o qual ela não estava acostumada. Feito fosse possível que de propósito, para combinar com aquela tempestade que ainda despencava de um céu inflamado, imitavam e traziam à lembrança outra sala escura, agora completamente vazia, sem dono.

— O que está achando desse? — perguntou o escritor para aquela mulher terrivelmente atraente. Falava sobre o livro de Alnilam, que Alexandra trazia nas mãos, além de outro. — A tragédia! — disse o autor. — O trágico que liberta! Shakespeare... Amo esses finais, Alexandra. E você?

— O senhor é um homem muito culto — respondeu a agente.

— Pode me chamar de você — repetiu. — Acho que precisamos de mais vinho. — E sorriu sozinho da brincadeira estúpida. Depois ele se levantou, fechou a porta devagar, novamente aquele rangido, virou a chave, trancou.

E justamente naquele minuto um maldito raio cortou o céu escuro. Deve ter caído bem próximo, porque fez o chão tremer. Uma forte descarga elétrica, um clarão. As luzes apagadas! Por quê? A adrenalina fria que gela o estômago, tão forte quanto toda aquela chuva que ainda caía.

E quando o medo conduz o reflexo, primeiro se toma a atitude, depois se raciocina. Não se podem esperar de uma agente suaves reações. A polícia está cada dia mais doente, amontoando-se pelos divãs dos consultórios de psiquiatria.

Em um segundo sentada de costas para o autor, a sua vida estava exposta! O perigo, o reflexo, no outro instante ela estava encostada na parede de tijolos. Ambas tão frias, na verdade estavam geladas. Mas ela confiava naquela parede sem vida. E também na arma que segurava por baixo da roupa.

Que exagero, Alexandra! Uma gafe dessas não se comete duas vezes em cem anos. Um relâmpago e uma queda de energia! Foram apenas alguns segundos! Viu? Já voltou.

Luis Fernando pediu desculpas, habituado a se trancar ali, às vezes por horas e horas! Sempre de madrugada, quando lhe é mais gentil a inspiração.

— Por que trancou a porta? — perguntou Alexandra.

Mas o escritor não sabia o que responder. Percebeu a mão para trás da moça.

— Costume! Eu já pedi desculpas! Alexandra, você está armada? Vai atirar em mim?

Mas que indelicadeza da agente, ela quebrou em seu gesto repentino um vaso de porcelana, partiu talvez o encanto. Realmente a polícia não é simpática.

Mas estava feito, e sem jeito ela também pediu desculpas. Sentou-se novamente. Ficou algo esquisito pelo ar, uma desconfiança inoportuna, o som dos cacos da porcelana sob a sola das botas pretas. A vergonha desmedida. Talvez fosse possível agir como se nada tivesse acontecido. Operação nada fácil.

— Este primeiro — disse o autor após se sentar. Ignorou aquele quadro clichê de filme americano. Fez como se pudessem não ter existido os segundos anteriores. Ao menos ele tentou. Puxou o livro sobre a mesa. — O livro de Alnilam. Tem tanto sentimento nestas páginas, policial! — E passou a ponta dos dedos sobre a capa da obra. Um carinho, como se aquele ser tivesse vida e pudesse sentir o seu toque.

— Eu sei bem por que está aqui! — disse. — Alguém como essa pessoa que procura não escreveria o que está gravado nestas páginas! Gostaria que pensasse sobre isso. Por favor.

Apenas assinou a primeira página. Estava visivelmente chateado. Fechou a obra e lhe entregou sem olhá-la nos olhos. Alexandra pegou o romance de suas mãos sem tirar os olhos dos seus traços.

Depois o outro. "Inimigo íntimo". Bom título!

— Página setenta e três, não é isso? — perguntou, e no mesmo instante derramou sobre o tapete um tanto de arrogância. — Farei como combinado. — E acrescentou: — Sempre foi pela desconfiança, seu trabalho, a policial e o suspeito! Não é isso? Pode falar.

— Eu sou uma policial, é isso o que eu sou.

— Achei que pudéssemos ser amigos.

— Eu não tenho amigos! — respondeu a agente vestida de convidada.

— Eu também não. Tanta gente ao redor, sabe? Mas é tudo uma espécie de interesse, curiosidade... sei lá! Fácil eles chegam e mais fácil ainda eles vão.

— O senhor é uma pessoa solitária, senhor Luis Fernando?

— Eu não sei — respondeu, pensativo. — Eu acho que a solidão me ajuda a escrever, então temos tipo um romance, eu e ela... Mas vou autografar o seu livro, policial. Esse é o único propósito da sua visita, não é mesmo?

Ela não respondeu. Sob uma jaqueta escura e uma calça preta apertada, uma couraça de aço. Simplesmente inalcançável. Bem mais fria que a vidraça que ora acendia, ora apagava. Ele estava desistindo. Afinal, sem ao menos um mapa, uma mísera bússola em meio a um temporal, ele já havia procurado por todo um oceano aquela ilha, os sentimentos daquela mulher, uma chave, uma entrada, mas não havia encontrado absolutamente nada.

E também já não era mais o mesmo; aquele homem educado havia dado lugar a outra pessoa. Apanhou a caneta e abriu a obra. Que coincidência ou sombra do destino! Não é que caiu justamente na página setenta e três?

— Espere! Antes quero lhe fazer uma pergunta — disse Alexandra. — Não sou muito boa com meias-palavras. O senhor tem alguma coisa que queira me dizer?

Mas que decepção! Justo esse que acreditava na possibilidade de dormirem juntos pelo restante daquela noite. O início e o fim da madrugada também, indo e vindo do silêncio do sono aos sussurros ao pé do ouvido.

— Eu a recebi tão bem, policial Alexandra! — disse Luis Fernando, com a expressão agora calma, mas ainda decepcionado. — Sou um escritor, não um assassino. Pra que toda essa encenação? Poderia ter me perguntado lá naquela noite!

— Na página setenta e três do seu livro — interrompeu a agente, enquanto o clima amistoso se levantou, segurou na mão da educação, e ambos saíram do escritório.

— O que tem, policial Alexandra? Vai me prender?

Ela balançou a cabeça. Não era mais uma visita, nem era mais bem-vinda. Pensando bem, ela nem era mais desejada.

— O senhor ficou nervoso? Eu disse algo que o incomodasse?

Ele abaixou por um segundo os olhos. Pensou... Não estava mais à frente da convidada, e sim de uma policial.

— Eu perguntei se vai me prender.

— Desta vez não — respondeu firmemente a agente. — Mas eu quero que saiba... — prosseguiu à frente daquele poço de mistérios — existem detalhes na cena do crime que somente a polícia conhece, e o senhor não é da polícia! Somente a polícia e o assassino sabiam. O senhor sabe do que eu estou falando? Como esses detalhes foram parar em seu livro com tanta semelhança? O senhor tem uma explicação? — Esperou mais um tanto. — O senhor está brincando comigo? É isso? — insistiu Alexandra.

Silêncio... Uma troca de olhares. Firmes, eles não se desviavam. Se era o que o cavalheiro tanto queria, sirva-se da sobremesa. Mas parece que não veio da melhor forma. Uma noite decepcionante.

— Eu posso voltar aqui, senhor Luis Fernando! — prosseguiu Alexandra. Como conseguia com uma fala tão doce ser assim tão ameaçadora? — E eu posso trazer uma intimação formal! Mas podemos aproveitar a oportunidade, abrimos uma outra garrafa de vinho e o senhor me conta o que sabe.

Agridoce! O convite tinha um lado bom, mas como ele mesmo havia falado... interesses! Ela não queria beber com ele. Não! Aquela mulher apenas estava articulando. Que decepção!

— As coincidências existem! — respondeu baixo, enquanto escrevia também na contracapa do romance. Como se não tivesse nenhuma importância se ela fosse ouvi-lo ou não.

— Eu estou esperando — disse Alexandra.

— Quer uma confissão? É isso? Olha pra mim! Agora me diz. Pareço um assassino? Ah, tenha dó, policial! Pareço? — perguntou novamente.

— Não estou aqui para responder a perguntas — disse a agente.

— Nem para fazer. Não é mesmo?

— Parece nervoso novamente.

— É que eu me sinto interrogado dentro da minha casa. Imaginei que seria diferente este nosso encontro.

— Imagino quantas mulheres jantam com o senhor. E também imagino o desfecho dos seus encontros perfeitos. Mas eu não sou sua amiga repórter.

Ele soltou sua caneta sobre o livro, esfregou o rosto. Agora se parecia com aquele escritor famoso no dia do lançamento.

— Policial Alexandra. É assim que vou chamá-la. Vou pedir para que a levem para casa. Ainda assim — prosseguiu educadamente — quero que saiba que foi bom conhecê-la — disse, e sobre a mesa lhe entregou o romance autografado. Na contracapa do livro escreveu:

Dedico-lhe este livro, minha querida policial, assim como me dedicou a sua desconfiança. E desejo que o porvir nos reserve algumas boas surpresas! Espero que o amanhecer dissipe todas! Todas as suas dúvidas.

Eu estarei esperando suas desculpas!

Pergunto a todo esse vento. Qual seria o nome desse imperfeito sentimento? É que agora infelizmente sei como é quando sorri. É que agora sei como seria uma noite de luar sem uma estrela sequer.

Seus olhos me mostraram essa visão extraordinária. Que pertença essa somente à fértil imaginação deste pobre poeta.

Esta noite eu dormirei com sua lembrança!

Para o tempo! Sopra o vento! O romance são os meus sentimentos algemados em suas mãos.

Nunca cessará esse temporal? Insiste! Persiste! Resiste

Só porque um dia!

Findo eu, aqui a sua poesia

A mulher mais linda do mundo

Esteve aqui.

Com carinho ainda.

Luis Fernando.

Ela leu e fechou o livro. Que circunstância imprópria para rimas baratas! E ficou olhando no fundo dos olhos daquele homem misterioso. Aquela mulher estava irada. Sim! Aquele sentado à sua frente, do outro lado daquela mesa escura, tinha o dom de tirá-la do sério! Para a sua pergunta formal, uma breve poesia como resposta.

Já haviam jantado, tomado um bom vinho, no relógio a madrugada era anunciada, estavam sozinhos, um cavalheiro romântico e uma linda mulher.

Mas é que infelizmente ela era uma policial, e aquele à sua frente um suspeito. Não poderiam ter-se encontrado em outro verso dessa vida?

Então era hora de terminar o capítulo, e que essa fosse com suas dúvidas investigar até provar sua culpa, enquanto ele e sua decepção fossem dormir abraçados.

Porém, a fúria do vento e a força das correntezas não tomaram conhecimento dessa página feita de pompas, e decidiram com força e impiedade arrancar pelas raízes a velha ponte.

Notícia que alguém pelo telefone lhe entregou.

E agora, Alexandra? Já que comeu e bebeu com um possível assassino, jantou e teve seus livros enfim autografados, sem nada encontrar, que tenha cuidado! Está de mãos vazias! Que logo amanheça em seu verso, pois estão fadados a dormir sob o mesmo telhado.

Por Alexandra Souto!

Em sua realidade, as correntezas levaram a pequena
ponte de madeira.
Em sua fantasia, ao final do seu dia, o medo veio e carregou-lhe a paz.
Vê como sopra forte esse vento sedento?

Tão pálido e voraz! Já o viu por acaso assim?

É da tormenta um passageiro! Da obra um personagem. Cuida, moça dos cabelos compridos! Ou carrega das mãos, em teu fim, o teu livro.

Policial!
Linda dama vestida de preto. Acode, ligeiro! Não se salvará apenas por sua coragem! Ele a está cercando.

Raios e trovões estão molhando o seu capítulo.
Prenda a respiração, Alexandra! Se esconda desse inimigo invisível!
É que esse não teme as suas algemas e nem respeita o
brilho dourado do seu distintivo.
Então feche o romance primeiro! Se é que já não está apaixonada.

Ele recomendou a uma criada que lhe mostrasse um dos quartos de hóspedes, e ali ela passaria o restante da noite. Que fosse descansar. O cansaço já pedia isso, os criados também faziam por merecer, mas para aquele suspeito, não!

Então ele trancou-se naquele escritório gelado. Afinal, não havia muito a fazer. Como perder uma madrugada de relâmpagos? Grandes textos se extraem desse cenário imperfeito.

Em outro canto daquela mansão, acompanhada por uma serviçal com rosto de sono, Alexandra percebeu uma porta entreaberta, uma meia--luz e uma cadeira de rodas escura.

— Este será o meu quarto então? — perguntou propositalmente.

— Não! — respondeu a criada. — Aqui dorme a Dona Odete, a mãe do senhor Fernando. Vem!

21

O vento carregou o temporal

O vento carregou as nuvens escuras. O vento devolveu à madrugada os seus brilhos, ao próprio vento a tranquilidade, e às águas a calmaria, pouco antes do amanhecer.

Dedicado à insônia de Luis Fernando.

Escrevo sob a luz das últimas estrelas! É morta a madrugada. Eis o romper da aurora! Os primeiros raios de um sol colorido.

A rubra cor com os seus tons variados! Uma perfeita aquarela e suas tonalidades inexplicáveis. Eis o que é mar! Eis o que é céu! Juntados.

O infinito e as águas. O perfeito encontro, dividido por um traço paralelo. O vermelho aos poucos desbotando. Descansa essa obra-prima sobre o tom do azul-turquesa.

Como é linda a madrugada quando vem assim lentamente clareando minuto a minuto! Calada foi toda aquela chuva. Águas pelo vento levadas. Até que de tanto se chegue de um rubro escuro ao tom do amarelo.

Dedicado à página setenta e três.

Versos dedicados ao mistério que carrega esse romance. A obra possui uma das suas laudas marcadas! Ali tão solitária ela se destaca, a página! Essa tal que atende pelo número setenta e três.

Lamenta a pobre folha por sua má sorte lançada! Realmente tem razão o autor, quando em seu singular entendimento diz "Mais aparece essa pobre infeliz em meio às outras do que toda a obra sobre o móvel deitada."

Pois que seja contado! Revelado então o seu íntimo segredo! Detalhes perfeitamente descritos em uma tinta de roupa preta, com tanta riqueza. Tamanha essa sua audácia! Pior é a sua frieza.

Informações que somente a polícia e o assassino poderiam saber.

Poeta, confessa! Como foram parar ali em seu livro? Quanto mistério subindo com uma densa neblina que brota do remanso.

Quanta incerteza que desce junto aos pingos de um chuvisqueiro.

São mistérios bem guardados, trancafiados em gavetas escuras, perdidas as chaves, do derradeiro ao primeiro. Infeliz entardecer sem descanso!

22

Michel

O dia estava nascendo, o sol aos poucos surgindo por trás dos prédios. Alguns desses edifícios têm em suas cores tão combinadas uma perfeita harmonia. Outros já estão vestidos de passado, com aquele tom cinza peculiar.

E acima de todos, no ponto mais alto, a melhor vista é dada a barracos amontoados. Uma mistura de tijolos sem reboco e tábuas de madeira sem pintura.

Espremem-se à borda de um cartão-postal! Como é lindo o azul das águas do mar, o céu tentando copiar o oceano, e as ondas no desejo de explicar as cores do infinito.

Estão intrinsecamente ligados por uma paixão. Em qualquer manhã dessas, ou o oceano se abraça ao azul e o beija, ou o próprio espaço seduzido descerá para beber até a última gota de toda aquela água salgada.

Quanto aos barracos, não aparecerão nas fotos de lembranças. A desigualdade e a empatia moram lado a lado, mas não são bons vizinhos. Não se ajudam! Não se emprestam e muito menos se acodem. Quem quer saber da dor alheia?

Desde que se tenha a sapateira cheia de bons calçados, no guarda-roupa as melhores grifes, metais dourados, em tão pouco tanto valor dedicado, a geladeira alheia, assim como a barriga, até podem dormir vazias.

Diz uma antiga poesia, no refrão do seu derradeiro verso, que os melhores corações tendem a habitar nos endereços mais simples.

Que importância isso tem? Diria a vida! Isso até me lembra alguém. Mas não para essa ocasião.

E isso não é regra, o bem e o mal, esses estão em todas as partes. Desde as coberturas luxuosas com sacadas para o oceano às ruelas de esgoto a céu aberto.

Alexandra está acordando com o brilho riscado desse sol sobre o rosto, justo ela, que tentou ficar o restante da madrugada acordada.

Não tirou a roupa! Apenas o salto, mas quem pode deter a força das taças de vinho após um jantar? A música que a chuva canta sobre os telhados chamando o sono, o cansaço pelo trabalho. Esses venceram até o mau jeito de passar a noite toda em um lugar totalmente estranho.

E ao mesmo instante que ela é despertada por aquela manhã, alguém que subira o morro contra a sua vontade está tendo a honra de ver o seu último amanhecer.

Ah, Michel! Se tivesse escutado os conselhos de infância, a voz suave da mãe arranca agora o choro enquanto a imagem do pai lhe desperta a saudade. São apenas lembranças... Quantas súplicas!

A saudade deveria estar dormindo, afinal é muito cedo ainda. Quanto às lembranças, eis o instante ideal para que todas despertem. Não é exatamente assim que se diz? "E passou a vida toda pela frente dos seus olhos"?

O psiquiatra que atende às emoções da própria polícia! Esse deveria ao menos ter informações concretas. Se você está recebendo dinheiro para isso e não o faz! Até parece que engana e depois ainda ri pelas costas.

Muito cuidado se deve tomar por esses oceanos do crime. Águas por demais escuras, ventos fortes traiçoeiros, terríveis histórias de navios para sempre submersos. Aquele será mais um!

Como é triste esse fim! Mas ele é totalmente previsível. Parece regra, ou isso, ou o fundo de uma cela gelada. Para a ganância de alguns, não há dinheiro suficiente que sacie esse tipo de sede; quanto mais se tem, mais se deseja ter.

Um grande carregamento de entorpecentes fora apreendido. A quadrilha teve prejuízos. Se a lei e todas as suas formalidades possuem brechas, a lei do morro não é lida pela mesma cartilha. Ou seja, alguém teria de pagar.

O crime organizado não aceitará dinheiro para se comprar o perdão, o crime organizado não aceitará as suas desculpas! Quem se importa com aquele choro? Por quem afinal seriam aquelas lágrimas derradeiras? Quem poderia acudir a vida suplicando pela própria vida?

Quantas decisões mal tomadas! Uma existência feita de esquinas sombrias. São caminhos! O destino parece que vem e deita aos pés as escolhas a serem feitas, mas parece que coloca sempre à frente as piores. E chove forte justamente no momento de se decidir. Tudo conspira.

Não existe mais que um culpado? Somente esse? Michel bem merecia outra chance! Ao menos mais uma, de alguma maneira ser levado ao princípio do caminho, e dali, depois de tudo conhecido, ter a chance de tomar o rumo certo.

Mas a vida não é assim, ou não teria esse apelido. Aquele tribunal prende, aquele tribunal julga e na mesma manhã se cumpre a pena. Donos das vidas alheias! Tutores da felicidade terceira. Infelizes pelo destino esculpidos com as piores pedras, desprovidos de sentimentos, nem uma gota sequer de algum afeto do bem. Nada!

O som do disparo ficou ecoando, fez alguém despertar, mas ninguém se assustou com ele; vira de lado e dorme novamente.

Apenas algumas aves escuras que se atiraram ao espaço, deram a volta em torno da favela, sobre os prédios e o oceano, para tornarem ao mesmo lugar.

Não lhe será decretado feriado, ele não era assim tão benquisto. Nem tinha tantos colegas. Não se tem tantos amigos em uma cidade como essa, em tempos feitos como esses.

A verdade é que as pessoas estão se acostumando com isso. Mais um tiro, mais um disparo de arma de fogo no alvorecer, mais uma vida entre tantas ceifada para nunca mais.

O tempo se encarrega de transformar a dor extrema em saudade, a saudade se acaba em lembranças, e as lembranças são o princípio do esquecimento. Que força pode ter o amor contra tanto? Já nem se assustam mais com o barulho que os desperta.

Um nome, um número em uma triste estatística. Mais um para a lista de desaparecidos. A lembrança de alguém, um canto vazio na mesa, um prato de louça branco retirado. A saudade chegará para as noites de festa.

São metáforas! Os olhos vermelhos serão disfarçados com um sorriso falso. A lágrima será contida ou derrubada em segredo. Que passem despercebidas essas gotas de extremo sentimento. As roupas, até mesmo aquelas deixadas atrás da porta do banheiro, lentamente perderão o cheiro daquele que se foi, enquanto o retrato colado na geladeira, de tanto tempo acabou caindo no chão, ou fora mesmo retirado.

O fogo dos pneus apagou até o seu DNA. Que bela manhã colorida. A fumaça da borracha é por demais escura e fedorenta. Uma onda se forma no meio do oceano para se quebrar no rochedo. As pessoas atravessam as avenidas apressadamente em direção aos seus trabalhos, os carros, os circulares cheios de gente, um toque de celular aqui e outro ali. O som dos pneus arrastando sobre o asfalto quente.

Na banca de jornal as mesmas notícias com personagens diferentes. A vida indo e a vida chegando. Até parecem passageiros de um ônibus lotado. A primeira, assim como a derradeira estação, é uma questão de tempo. Que bela queima de arquivo!

Se pudéssemos mesmo explicar
O azul do infinito, o barulho do mar
Entender o verdadeiro significado!
Ouvir o silêncio, em seu silêncio falar.

Não se venderia tanto por tão pouco!
Não se perderia o melhor por migalhas
Quem nos dera voltar no relógio do tempo
Entender quão valiosa se faz a vida!

Minuto a minuto... Bem devagar.

Quão grandes foram os erros cometidos!
É até engraçado, quando se pode enxergar
Perceber o que passava despercebido
Você ouviu isso? O som de um disparo?

É só o barulho do vento, do vento rompendo o silêncio
Dorme de volta. Deixa o vento em seu silêncio... soprar.

23

A algumas páginas dali

Existem versos que dispensam as rimas por serem absolutamente lindos! Carregados de nobres sentimentos, eles mais se parecem com um trem que transborda afetos pela linha da poesia. Em cada curva do soneto, pelo fôlego da vírgula, pinga sonhando que é chuva, sementes e sementes coloridas.

E vai num balanço. E vai esse trem num encanto, num compasso que vira uma melodia. E vai e vem... E vai e vem porque é trem, derrubando a cada estação do parágrafo um tanto de tanta beleza.

Pobres sementes! Na beira da estrada, são desejos! Pelo meio dos trilhos esquecidas, são esperança de prosperidade. São súplicas! Sonhos dentro do pesadelo. O certo! No ventre da própria incerteza. A lógica que reverencia o absurdo, a realidade em pessoa ajoelhada aos pés da fantasia.

Quão difícil para palavras tentarem definir o romance escrito, sua mágica, sua beleza, a sua força, a sua sutileza, o seu sobrenatural.

Pobre realidade se adentrar por aqui! Inimiga declarada dos poemas, quem pode descrever dessa os pensamentos? Toda essa sua frieza? A megera nascera desprovida de sonhos, abandonada pelas quimeras, não acredita em encantos.

Quão maravilhoso ver como o poema fala com o leitor! Quando esse se deixa também ser lido e acredita no impossível. Não se parece mesmo... Real?

Há fenômenos que dispensam a própria explicação ou nem a pedem. Sentimentos cujos signos linguísticos nem hoje e nem nunca conseguirão defini-los.

Já se ouviu falar de algumas verdades cujas histórias são terríveis de acreditar, parecem não pertencer a essa realidade, e sim ao romance. Atendem pelo apelido de dúvidas.

A poesia tantas vezes se utiliza de afetos fictícios, mas tamanha é a maestria do autor, que no derradeiro verso os olhos estão marejados, quase transbordando, e essas lágrimas são verdadeiras.

Qual o propósito da existência desses versos? Ou se bebe de todas as gotas dessa chuva, ou se adormece abraçado à lógica. Ou se prova do gosto de todas as fontes tomando de suas águas. Ou corre-se o risco de ficar lúcido para sempre.

24
A fuga de um prisioneiro

III Ato.

Dois meses antes do nascimento de Alnilam.

A beleza do canto lírico!

Diz a lenda

Que naquela manhã! No encontro entre a rainha e o prisioneiro, nada pode ser dito. Nada pode ser simplesmente falado. Eis então, nesse capítulo justificado, o propósito da existência da melodia.

Assim sendo, cumpriram os seus roteiros e somente o canto lírico, feito um pranto, junto às notas perfeitas de uma orquestra, a passear pelos cantos do teatro repleto, pelo destino ensaiado, foram ouvidos.

O canto da rainha.

Ergam-se... Ordeno! As cortinas.

Quão suave, quão perfeita e afinada melodia se ouve! As luzes se acendem, o começo de mais um ato, ao romper de mais um dia.

Assim que amanheceu, no instante em que o primeiro raio do sol cortou o céu azul, hora em que do outro lado do mundo se viam as últimas estrelas a agonizarem, o rei partiu.

Pois que desperte, manhã! Clama o romance.
Que se mexam as correntes de água cristalinas, essas que atendem pelo nome de riachos. Corram para os seus destinos, deem a volta em torno do mundo e voltem ao mesmo lugar.
Sem nunca... Nunca terem partido.

Desperta, passarada!
A brisa, com o seu perfume, também deve acordar
A relva pelo orvalho banhada
Onde está quem lhe prometera amor sem fim?

Para onde foi o seu luar?
O dia está tão lindo!
As mãos da moça afagam a pele fria do romance antes sem vida
Abre-se novamente a cortina!

Quem sobrevive dessa arte? É chegado o momento! Dê agora o melhor que seu eu tem!
Silêncio! Silêncio!
O livro está se abrindo
Aquele que pelo tempo viaja
Aí vem!
Todas as luzes apagadas, um único ator sobre o palco, um feixe redondo de luz sobre ele, a orquestra em dó maior quase que imperceptível.

O rei Henrique IV não está mais nesse capítulo. Assuntos reais o chamaram para além das planícies de Monsaraz, muito além das muralhas altas de pedras que cercam aquela cidade e aquelas vidas. Para além dos campos com seus coloridos, do outro lado do precipício com suas pedras ao fundo, palco do fim do mundo, futuro caminho de uma tragédia anunciada.

Era então chegado o melhor momento, a oportunidade que ela há tanto esperava, já que ele ainda estava preso. E chamou aquele jovem ao salão, do fundo daquela escura cela. Maldosa sina sem pena! Megera e tristonha prisão!

Ordenou em um só agudo que o trouxessem rapidamente! Que o resgatassem e o colocassem à sua frente, aquele misterioso e tão jovem cativo. E não houve quem a questionasse! Ninguém! Quem teria tamanha coragem? Afinal, ali estava Sua Majestade, a rainha.

E aos soldados deixou que vissem um brilho de metal dourado, uma pedra verde opaca de esmeralda, o anel a ela entregue, assim como toda a autoridade. O poder sobre todo o reino pelo rei, a sua rainha e seu amor confiado.

E ela sabia que tinha as chaves! O poder sobre os súditos e também sobre toda a guarda. E até o poder para livrá-lo das grades geladas.

E nem imaginava! Oh, Alteza, por aquela manhã enganada! Que nuvens tão escuras se aproximavam da sua janela. Que um temporal, embora tão azul estivesse o seu céu, levantava-se além das montanhas da sua existência.

E ainda naquele dia, gotas pesadas de uma chuva escura desceriam sobre o seu sono, sobre o seu reino, pelo seu trono. Daquele alvorecer doravante, por todas as próximas manhãs, até o fim dos seus dias.

Como caminha a melodia pela brecha de cada parágrafo! Vai essa pelo espaço esquecido entre um verso e outro. Toma forma, eis que já não é mais algo abstrato.

No abraço do arco do violino, com suas cordas, de repente nasce uma nota sobrenatural, e vem essa, como as águas do riacho que deslizam sobre as pedras, se esparramando pelas entrelinhas. Desse jeito, tornando o que ainda não é! O sonho que tem o próprio sonho. Pulsando! Sonhar em ser real... Perfeito.

Quanto ao amor da sua vida? Seu homem, seu rei! Por nada ela o trairá! Afinal, esse é e sempre será a sua maior paixão, e ela o seu anoitecer, seu alvorecer, o seu ar. Sua esposa tão amada e tão querida!

Ah, pobre e enganada rainha! Um futuro breve irá lhe contar. Outro sentimento, maior do que o amor, se isso pode! Em breves versos, já que se faz semente, nascerá!

Mas tinha que falar com o jovem novamente! Era o destino de ambos, algo já escrito há tanto. Quis o acaso que nesse parágrafo fosse cantado assim.

Canta! Canta e encanta! Contra tenor, soprano e o contralto! O mais forte que puderem. Na voz potente, no tom mais alto. É que como nunca, feito fosse possível, feito fosse real, eis à frente do seu trono aquele encarcerado misterioso. Treme e teme à sua sombra, oh, Alteza.

Ela mandou que os deixassem a sós. Completamente! — Saiam todos! — ordenou. E se foram, obedeceram em notas de fá maior, enquanto silenciava suavemente a voz do coral.

Mas é que o moço com seus dezessete anos de idade não ousava erguer os olhos, tamanha era a sua vergonha, a sujeira e o mau cheiro de suas roupas encardidas. Suas unhas escuras, seus cabelos sujos e seus traços de pura angústia.

Assim foi

Desse modo a história nesses versos é cantada

É que por essas meras laudas de folhas sem vida, nenhuma palavra sequer entre os dois fora dita

Tamanha a sublimidade da tarde

A pureza dos sentimentos!

Vorazes por demais os afetos derramados. Foram as frases, pelo mais lindo dos cantos líricos, delicadamente, em tons de si bemol

Cantados!

— Ordeno! — gritou Sua Alteza partindo o silêncio com sua voz e seu canto. — Que me responda neste dia! Se é que temes por tua vida... Quem realmente és tu?

E antes que ele respondesse, ousasse algo pronunciar, ela o advertiu novamente. Que não lhe faltasse com a verdade, se é que temia a morte, ou desejava a liberdade, seria aquela a sua maior chance, e talvez... a sua única oportunidade.

Mudar o leme do seu destino. Prisioneiro! Um navio em meio ao oceano à deriva, pelo tempo um condenado, pelo destino traído, no romance um clandestino.

— A manhã se entregará nos braços da tarde! — lembrou-lhe a nobre. — Eis que a tarde não resistirá à beleza do crepúsculo que trará por sua vez as estrelas.

— As estrelas se vão pela madrugada vencida — prosseguiu. — O amanhecer marcará o retorno do rei, e sobre o mesmo cavalo virá teu castigo. Eis a tua única chance! Como única também é a tua existência.

25

O canto de Arthur

Aconteceu assim... Desse jeito!

— Minha rainha.

Nesse momento a melodia que se ouviu foi a mais linda que por aquelas paredes ecoaram algum dia. Presságio de algo sublime, verdadeiro, e ao mesmo segundo quimérico.

Como aquela voz branda era ao mesmo instante tão forte? A personificação do sobrenatural! O próprio complexo, curvando-se à sombra da simplicidade. A lógica reverenciando o sonho absurdo. A realidade em pessoa, dobrada aos pés da fantasia.

Fizeram! Permitiram! Como se fossem todos personagens sob as lanternas de um grande teatro. Naquela manhã tornou-se real, possível...

O perfeito!

Como é belo o teu entoado!

Mas a letra! Mas a letra!
Ah, miserável poema sem rima!
Como ousa chamar-se melodia?
É como diz o poeta em outros versos.

Pobre de mim! Pobre de mim!
Oh, dilema
De ser...
Feito assim, a saudade é.

Um laço que fere sem pena
O ferro que marca sem dó
De tão doída que se fez...
Ali... na poesia, eis! Que vive... Só!

E ele lhe entregou com as notas de um violoncelo! Ao mesmo instante que o sol entrou pela janela. Abandonara o próprio alvorecer? Descera do palco o ator principal do espetáculo? Sim, para sentar-se na plateia e assistir.

Até o vento que balançava as cortinas aquietou-se. As pedras geladas, redondas, do fundo das águas, dizem que até essas queriam ouvir aquele canto. O moço dos olhos claros... — declarou.

— Como convencê-la? — cantava ele em seu palco solitário com suas roupas maltrapilhas e fedorentas.

— Apenas a verdade! Apenas a verdade! — Sua Majestade, em um agudo, exclamou.

As paredes de pedra repetiram o seu grito consecutivamente. Os acordes altos e baixos, e até os impossíveis de descrever. Quanta maestria em tão poucas linhas!

Há quem o diga!
Fora o eco dos violinos
O som da filarmônica que se ouvia
O canto do próprio encanto que se conduzia até a sombra do espectador.

Outros afirmam
Em uma única voz!
Feito um vento contrário
Quanta beleza em tanta dor!
Um coral imaginário!

Uma melodia que não pertencia àquele mundo era ouvida.

E até hoje se acredita
Que fora um lamento!
A súplica do próprio sentimento
Esse mesmo! Que atende pelo nome
De amor.

— Meu nome é Arthur, oh, rainha! Venho do vilarejo, esse que se esconde à sombra das muralhas. Desde criança, oh, Vossa Alteza, aprendi também, a simplicidade é a própria sombra que nos faz companhia, mas não se apaga nem sob a escuridão da noite. E o sonho de um camponês deve ser apenas aquele do descanso do trabalho árduo de mais um dia.
— O luxo é para poucos! Ensinaram-me os meus pais, com essa fala, em histórias para dormir.

E o porvir? Perguntava o menino. E o porvir?
Ah, esse depende da chuva!
Se há ou não há de vir
Mas amanhã é outro dia!

Oh, Majestade! Veja que má sorte!
Uma fábula era contada
Eis a fantasia, pelo amor justificada
E com o menino repartida.

E tamanho era o cansaço!
Que bem antes da madrugada
A fome em pessoa
Pelo sono era vencida!

Tenho duas irmãs. Uma que atende pelo nome de Esperança, e a outra se chama Liberdade. Mas a segunda morreu! Vê? — No mesmo segundo em que toquei tua mão. Imaginava eu! Pela cor dos teus cabelos, ser outra pessoa. Perdoa-me, traiu-me o vento, a cor escarlate dos teus fios brilhantes. Traiu-me o coração.

— Ah, como me queima essa chama! — gritou e rasgou sem esforço a camisa que vestia. — Vê? Ninguém consegue ver? Ajudar? Minha amada, uma lembrança de criança.

— Meça suas palavras, oh, prisioneiro! — interrompeu a mulher, pondo-se em pé. — Pode ser o teu último dia, o findar desse teu canto, o silenciar da tua poesia.

E com sua barriga de sete meses, começou a cirandá-lo. Nem mesmo o vento ousava assobiar, um sossego profundo. Envolvia-o com sua sombra, com o seu canto doravante. Os violinos a despertarem, oboés e clarinetes. O mais alto que podiam! O seu perfume vindo do outro lado do mundo.

E caminhava ao seu redor a autoridade, com seu recitado absurdo, uma voz de prima-dona, seu soprano afinadíssimo. Como ousava ser perfeita?

— Filho de Monsaraz, como ousa assim falar?

— Sou menos que um plebeu... Que tanto de nada! — o jovem respondeu.

Eis que envolvida pela melodia em seu canto, escondeu de todo o teatro o seu rosto, seus olhos marejados d'água, o seu pranto. Alcançados foram todos os acordes possíveis! Ao mesmo segundo em que ela, em seu pensamento solitário, o abraçava.

Entre Arthur e a rainha!

Acompanhem flautas doces!

— Mas veja, oh, Majestade!

E ergueu os seus pulsos para o alto. As correntes gritaram! Imitavam o som das correntezas a passarem sobre aquelas pedras, ao fundo das águas geladas. O riacho.

— Como é a sina do plebeu! — exclamou Arthur. — Qual deve ser deste o crime?

Nem o vento, a melodia, o som entre o toque dos dedos e das teclas do piano, ou a voz do próprio destino que estava presente. Nada. Todos no completo e escuro silêncio, ninguém respondeu.

E fez na posição de prisioneiro o seu primeiro pedido, e foi esse também o derradeiro. — Com sua voz de prima-dona, recitou ousadamente o jovem. Pediu. — Canta! Canta agora, oh, minha rainha!

Que subam os tons! Que rufem tambores! — Qual o crime? Condena-o à morte! Ao fim! Eis-me indigente, infeliz da própria sorte, às dores, mas responda, por favor!

— É por acaso uma culpa sem perdão tocar em Vossa Alteza? Eis-me um condenado! Pelo tempo traído. Por sentimento delinquente, sou o vento, do vento encarcerado, o sonho que o próprio sonho ousou sonhar. Vou morrendo em silêncio, escutando o teu cantar, sufocado pelo amor, o amor do verbo amar.

E o que se ouviu doravante naquele salão ficou fielmente gravado nas páginas amareladas pela ação dos séculos. Para que hoje, após centenas de anos, pudesse ser revivida aquela manhã.

Como se fosse possível que algum dia essa história pudesse ser descrita sem que se perdesse um tanto da beleza. Que o canto intermitente, em sua voz cada qual, protegidos pela suave mão da orquestra, pudessem mesmo pertencer a esse mundo... real.

Perguntas e respostas! Cada um com os seus afetos transbordados. Um tanto no timbre de suas vozes, outro nos traços faciais, e tudo Arthur à rainha enfim contou.

Um eclipse! O encontro! Em suas rotas transversais, tão próximos sem se tocarem. Duas estrelas de mundos tão distantes. Pobres mortais! São todos, pela má sorte, declarados plebeus.

Pois que seja o universo a testemunha! Juntos, cada qual à sua vez, cada qual ao seu tom. Em um maravilhoso dueto se uniram, e se fizeram iguais.

Arthur de Monsaraz. O menino que escalava os muros do palácio para se encontrar com uma princesa. Mas antes do título, uma criança, carente, com medo e sozinha.

A fome sendo saciada, a solidão afugentada pela melhor poesia escrita pelo destino, a tristeza sendo trocada por histórias, doces que matavam uma fome infantil, e alguns sorrisos.

Uma menina presa em seu aposento, com seu rosto iluminado pelo prazer, pelo corte do luar ou pelos respingos do temporal.

A alegria! Traços novos que seus sonhos desconheciam e doravante desenhavam cada vez que o menino camponês afrontava o acaso, desobedecia à razão e subia pelos muros de pedras frias.

Tudo e tanto! Cada detalhe ele lhe revelou, e confidenciou sobre a sacada enluarada, os aposentos onde naquela noite dormiria a Majestade.

As cortinas vermelhas compridas que encostavam no piso de ardósia escura. A solidão da pequena, até a noite em que essa decepou os próprios cabelos vermelhos e lhos entregou.

— O amor nascendo junto com a dor! A madrugada, o sangue de um vivo rubro sobre o vestido de rendas brancas. A fuga embalada pela paixão.

O rosto juvenil! A suavidade da sua voz de menina. Tudo como um dia, ela, a rainha, sonhou.

Sobre a terra vermelha, os cascalhos. O barulho das rodas da carroça. A perseguição! Os cavalos do rei cada instante mais próximos.

O primeiro beijo que aqueles lábios deram e no mesmo instante receberam. O precipício com suas pedras ao fundo, um estrondo e o absurdo. Órion, o encanto e a escuridão.

Como aquilo era possível? Como não podia ser verdadeiro?

E implorou à nobre o camponês, que à menina desse outro nome, e quem sabe outro destino, para que somente ele suportasse calado para todo o sempre esse afeto, essa chama.

Porém, ao final, Arthur lhe revelou. Uma espada afiada cravou em seu nobre coração. — A menina será órfã de mãe — disse. — Desde o seu nascimento, oh, minha rainha! Sinto muito.

O silêncio. O eco do grito indo e vindo, eis que Sua Majestade calada, ao perceber a veracidade do entoado, não suportou, ergueu seus olhos brilhantes, e gotas de cristal, ou do mais puro dos diamantes, pelo seu rosto de nobre escorreram.

Então ela chamou a guarda. Sim! Não havia mais tempo a perder. E deu ordens, um banho, duas mudas de roupa, um cantil com água doce, alimentos.

E que o levassem até as fronteiras, para bem distante das muralhas. Que fosse então banido! Decretou. Para todo o sempre sozinho. Que não tivesse um só amigo! Nenhum gesto de bondade, somente a solidão o acompanharia. E dessa forma o condenou, e da mesma forma o protegeu.

26

O retorno de Sua Majestade, o Rei

E desceram as cortinas! A orquestra emudeceu. Eminente e triste final! Acabado então? Não se podia esperar do amor mais que um trágico desfecho? Comentavam os críticos.

Arthur de Monsaraz e Alnilam de Órion. Existiram ou não? Oh, universo, confessa! Tens ou não tens fim? Como poderia existir uma história tão absurda? Que canto! Que pranto! Que ópera terrível de ouvir!

É que esperavam mais, tanto os românticos quanto os trágicos e os céticos. Outro propósito para o espetáculo, esse enredo, perdão... por demais... previsível!

A história de um amor que nunca irá se acabar, feito se todos, com seus olhos sinceros e marejados, não prometessem ser! Às intempéries do porvir sobreviver.

Cabe duvidar, cabe a dúvida diante de tamanha beleza. Cabe até ver! Perceber. A certeza no ventre da própria incerteza. Cabe até, se quiser, quem puder... acreditar!

Oh, esperem! Esperem! Um único ator pediu ao público, que já ia com seus comentários, que se sentassem. Ora, onde estavam a ir?! E outra parte, o final dessa ópera tristonha, tão sem rima, tão sem graça, um monólogo, estava a ser encenado naquele instante.

E eis que ele, o próprio destino em pessoa, ao palco subia. E sentou-se bem no centro! Um único feixe de luz o perseguiu. Ali, sobre o cenário agora sem montanhas, sem riachos, completamente vazio.

E chamou apenas um violino! Abriu um sorriso e lhes contou como havia escrito o desfecho. E claro, como sempre, diante da perplexidade da plateia, esse achava graça.

Que quando o rei retornou de viagem e não encontrou aquele prisioneiro deixado para minguar no calabouço, irou-se com sua rainha. Tanto! Tanto! E lhe perguntou com olhos enciumados: — Quem era aquele que tocara em sua mão? Tão jovem. Era por acaso teu amante? Seria aquele viajante teu namorado?

Palavras fadadas ao desprezo, jamais deveriam ter sido pronunciadas.

Tome, rei! Sua resposta regada a lágrimas. O silêncio daquela que nunca o trairia. Mas por que então ela lhe tinha tanto apreço? Por que o protegia? Perguntava seu sentimento agora doente, em seu pensamento indo e vindo, insistentemente. Não aceitava! Não enxergava! Envenenado, não entendia.

Grávida! Cenas de um conto romântico rodeavam os seus pensamentos agora tomados pelo ódio, pelo ciúme doentio, pela desconfiança infundada. Sua amada, a rainha, com o olhar apaixonado, entregando-se em outros braços.

Quão poderoso é o vento do ciúme, quão verdadeira se faz a mentira quando acreditada! Outro homem havia tocado em seus cabelos! Sentido o seu cheiro, tateado o seu corpo, a sua pele suada. Seus desejos aflorados! Seus instintos, todos eles saciados, seus gemidos por beijos e beijos sufocados.

E por ali deslizavam os dedos, os lábios umedecidos pelo desejo, palavras fadadas ao silêncio pronunciadas, e por esse mesmo caminho seguia acorrentado o seu pensamento enganado.

Ah, meu rei, como pode? Ver e ouvir... o que nunca chegou a ser? Em um ataque de fúria, movido pela raiva ou outro sentimento de índole pior, ele selou com o seu anel, outrora usado por sua amada, condenando a ambos.

E ao fugitivo decretou a pena de morte! E ao que o entregasse, vivo ou morto, quão grande sorte, uma bela recompensa, tanta que esse não poderia carregar.

— Meu rei — sussurrou o destino em sua leitura verossimilhante, como se fosse mesmo possível duplicar aquela tarde tão dura.

Quão terríveis serão as suas noites doravante! Advertia-o o acaso. Concedia ao nobre outra chance. Mas o ódio cego o tomou. Quanto lhe custaria essa sentença? Mas já havia sido proferida. As palavras de um rei não tornam! Infelizes frases ditas do alto trono do seu rancor.

Quanto à esposa, sua rainha, sua amada, sua namorada, o seu ar. Até o nascimento da criança lhe caberia o desprezo, e depois, então, ele a puniria com o mesmo rigor.

Tragados pelo ciúme doentio foram naquela tarde de outono todos os sonhos que um dia tiveram, e também o amor.

E em uma madrugada sem luar, poucas semanas antes do nascimento da princesa, ela se levantou, e foi ao quarto do seu rei... silenciosamente.

Sabia que havia uma escolha a ser feita, um caminho sem volta a ser percorrido. Quem és tu, destino, para julgar? E quem pode nessa escuridão a condenar? Não tem de ti própria piedade, Majestade? E ergueu seu punhal! A lua minguante refletida por sobre a lâmina.

Ali estava para morrer o grande amor de sua vida, dormindo profundamente. Tanto em tão breve instante se passou em seu coração. As lembranças eram a sua razão, mas o desespero lhe dava forças. A angústia a consolava, e bem maior era o amor que ela já possuía pela filha que ainda nem conhecia.

Mas fora fraca a nobre em seu propósito! Ou seu afeto é que fora maior. Fora traída por seus sentimentos? Ah, como saber? Eis que essa, à beira do leito real, cravou em um só golpe, com toda a sua força, a lâmina ao colchão de palhas, despertando o seu homem, o seu rei, e o seu ódio dobrado.

E esse a olhou no fundo dos olhos, e apertou com toda a força as mãos delicadas, os dedos que lhe faziam carinhos, e a feriu com truculência a pele, e muito mais, feriu os seus sentimentos.

— Doravante — ordenou em um só berro — estará presa em seu quarto! E após dar à luz a menina, ou menino se for, descerá ao calabouço. Não será mais a minha rainha! Nem tampouco a minha vida, a minha razão de viver, o meu maior — disse — e único amor.

E condenou a mulher ao desprezo e à prisão. E daquela madrugada para todo o sempre condenou também o seu coração à infelicidade de um inverno chuvoso, escuro e sem fim.

Banidas foram as estrelas da poesia! Banido todo o romantismo e os bons afetos, que um dia foram tantos. Doravante e para sempre dormiria o rei, agora convencido da infidelidade da rainha, abraçado a outra mulher, chamada solidão.

Sabia que o resto de sua existência, até o último minuto dos seus dias, seria de uma tristeza ímpar, de uma agonia sem par, um espaço frio sem fim, feito o universo que é sem que se tenha para tanto razão, pois ninguém consegue ver. Quem o pode alcançar? Quem o pode dizer? Qual seria então o propósito de ser assim desse jeito, infinito?

27
Capitã

Rio de Janeiro. Barra da Tijuca. 10 de março de 2022, quinta-feira.

Verão. Em um entardecer, pouco antes do fim do expediente.

Todos foram chamados à sala escura e fria. Sala outrora vazia! Sala ontem gelada. Recordações! Atendida a sua súplica, sala sem vida? Agora por outra vida aquecida. Será doravante ocupada!

É que se o crime não silencia, não dorme, se os criminosos não descansam, a polícia também não pode parar. O bem e o mal correndo em círculos. Antônimos! Uma perigosa atração entre essas forças contrárias.

O desfecho desse cenário é quase sempre trágico. É que são vidas a encenarem esse drama. A vida é tão frágil! A vida não é mais que um sopro. A vida é feito uma nota melódica em meio ao som da metrópole. Um único instrumento sonhando ser ouvido.

E quem realmente se importa? Os finais felizes são deixados para a novela das seis. Ali é a realidade se opondo aos sonhos. Ali a cúpula da federal resolvera chegar junta, além de alguns agentes da corregedoria.

Um pente fino. Uma auditoria pesada. Cada documento, cada arquivo vasculhado. Gavetas e armários, fotos e registros.

Homens sisudos e engravatados andando de um lado para o outro. Eles realmente acreditam ser melhores que o resto da humanidade. Cheiram a tabaco e arrogância. Odiados por alguns, admirados por outros. Os bons agentes não os temem, esses nada têm a esconder.

Mas é nas mãos desses que muitos policiais caem por falcatruas levianas. Por tão pouco, de uma tarde até o amanhecer, quem era a lei passa a ser o marginal. Distintivos dourados manchados pela corrupção.

E fora anunciada! Previamente ela já sabia. Não é mesmo, Alexandra? Ah, Alexandra! Vai mesmo ocupar essa sala? Vai se sentar na mesma cadeira escura? Ouvir aquele mesmo e doentio rangido metálico?

Como se sente promovida a esse tormento? O que dirá às lembranças quando essas se sentarem querendo conversar? Capitã Alexandra!

Dizem as más línguas do policial: Quer corrompê-lo? Dê-lhe poder e dinheiro! Isso amolecerá a sua integridade. Que o poder não corrompe, mas revela a real personalidade de quem o possui.

Dentre um punhado de sementes, haverá sempre as boas e as más. Na corporação existem agentes íntegros. Esses não se vendem por nada! Honram o juramento que fizeram, arriscam as suas vidas protegendo cidadãos de bem e também gente que não presta.

Só se espera, Alexandra, que não venda o próprio sossego, o sono, nem a integridade. Principalmente a integridade.

Tão jovem! Ela não dará conta! Quantas opiniões em direções contrárias! É uma policial íntegra e dedicada, isso ninguém pode negar. O restante se acrescentará.

Pois que venham os temporais! Parabéns! Alguns apertos de mãos, alguns abraços dos colegas. A sinceridade e a falsidade, quando tão juntas, passam por uma só. Ela sabe disso.

E o que se diz das boas intenções? Fora uma ideia infeliz abrir um champanhe barato. A imagem do líquido transbordando pela borda do vidro fino brilhante a remeteu ao lançamento do livro. Toda aquela gente se deliciando com os seus brindes. Gente medíocre. Alexandra, você já estava se tornando igual?

E alguém por infinito descuido permitiu que uma civil, uma simples cidadã adentrasse pelos corredores. Como aquela mulher com o menino puxado pelo punho não fora percebida? Questionada? Talvez porque ela não fosse assim tão comum. Talvez porque conhecesse o antigo dono daquela sala.

E justamente quando aquele doce gelado tocou em sua boca, por cima da taça, Alexandra a enxergou segurando na mão do pequeno Joaquim. Que lindo o menino! Seu cabelo cuidadosamente penteado, sapatos pretos brilhantes, calça escura. A timidez em seus olhos inocentes, o silêncio inexplicável em seus lábios.

Acaso, coincidência. Constrangida, Alexandra colocou a taça sobre a mesa.

— Débora — disse, surpresa.

— Parabéns pela promoção! — falou a antiga amiga. Ela estava mais magra, fios brancos do cabelo em sua raiz. Descendo pelo rosto de traços amargurados. O tempo desenhado. O mau trato para consigo mesma. O retrato da saudade e da tristeza, sem que se precisasse pronunciar uma só palavra.

— Não vou ficar, Alexandra, ele ainda não fala — falou baixo. Sussurrou. Olhou para o filho Joaquim e balançou a cabeça. — Nem uma só palavra. — Respirou tão fundo, olhou para a policial e segurou firme em sua mão. — Estou lhe pedindo justiça! Não deixe... — prosseguiu. Seus olhos castanho-escuros marejaram. O instante em que a voz embarga e muda seu tom. — Por favor — insistiu a mulher, prestes a sair. — Não deixe que caia no esquecimento... Faça-os pagar!

Alexandra passou a mão pelos cabelos do pequeno com sua roupa tão limpinha, tão bem passada. Como não reconhecer naquela vida os traços de outra que se fora? Os trejeitos de um gravados na vida do outro... Até o sorriso envergonhado. Tantas palavras de protesto sem que se emita uma sílaba sequer! Tantas súplicas, tantos pedidos feitos somente com o brilho dos olhos. Isso dói!

— Vamos pegar quem fez isso, Débora — respondeu a agente, segurando sua mão. — Você tem a minha palavra.

— Boa sorte, capitã. Eu ainda moro no mesmo endereço — acrescentou. Em um esforço sorriu e lhe deu um beijo rápido. Saiu levando consigo o menino por uma mão, e na outra uma mala pesada de rancor.

28

Sentimento inconfidente

Algumas semanas depois

Como previsto, o peso da responsabilidade veio. Veio lentamente, e veio um tanto a cada dia. Uma simples gota de água, milhares de gotas, milhões formando um temporal sobre a sua vida.

Um vendaval de casos a pedirem um culpado! A perplexidade, o vento e seus redemoinhos, mudam a sua rotina tão maliciosamente que quando se vê já está a milhares de quilômetros do porto seguro.

De onde vêm todos esses papéis? A sociedade está se tornando cada dia mais violenta, as pessoas estão se tornando insensíveis! E se envolve tanto, que até parece mesmo que todos aqueles problemas são seus, e até se sente da dor alheia, feito fosse toda sua aquela revolta.

Não foi uma ou outra vez que ela saiu dali quando já era madrugada, tendo que chegar para trabalhar no outro dia bem cedo.

O segredo é não trazer para o pessoal, Alexandra, não deixar descer aos sentimentos. A isso se dá o nome de promoção? O sistema quer mesmo o sangue mais jovem, sugar o indivíduo até que esse esteja como uma laranja murcha à beira da via.

Eis um filme de drama visto e reprisado, você não é a primeira. Como não se lembrar do amigo que se sentava nessa mesma cadeira? Não será a última. Compreende agora com clareza os motivos de todo aquele estresse.

É que essa sociedade, assim como os seus superiores, uniformes novos e bem passados, escondidos atrás de mesas compridas e altos salários, precisam mesmo de alguém para depositar toda a culpa. De preferência, que tenha as costas bem largas e as pernas fortes. Se possível, que fale pouco ou quase nada, que aceite o cabresto dourado em troca de um salário razoável, que troque tiro com bandidos e carregue toda essa culpa. A responsabilidade que não possuem, incluindo a dos próprios.

Novas cartelas do calmante se acumulando sob a cabeceira da cama, ao mesmo instante que as latas de energético se acotovelam pela lixeira.

Aquelas gotas de chuva gelada não estavam preocupadas com esse desamor, e nem deveriam fazer parte do romance. O vento assobiando pelo vão da janela entreaberta também não. Com força ele as conduz de um lado para o outro, formando desenhos sobre o vidro verde pelo lado de fora.

Quase onze horas da noite, um banho frio, uma roupa leve, tão leve, Alexandra, tão macia! O perfume do tecido atrevido está encostando maliciosamente em cada dobra daquela mulher. Lingeries coloridas e justas desenhando fielmente os seus contornos mais proibidos.

Um verdadeiro caso de inconfidência essa relação entre a policial e suas rendas. Uma música suave para relaxar, já se sabe como isso termina. O filme é uma reprise! Deliciosa reprise, se os seus instintos não soubessem como fazer!

A culpa deve ser das estrelas escondidas pelo mau tempo, ou quem sabe da solidão que tomará mais um travesseiro. Dá-se o nome de carência, melancolia. O relógio biológico de uma mulher, suas vontades, palavras de baixo calão adequadas à ocasião, imagens desenhando-se pelas paredes do seu quarto vazio.

Frios cobertores, esquentando lentamente, sozinha, suspiros, cenas de um conto sensual. Alguns desses orgasmos solos são melhores do que de algumas relações. O que não realizam os desejos, o silêncio e os impulsos de uma mulher? E quem nunca provou?

Mas é que a campainha estava tocando! A essas horas? Interrompera o clima de amor entre a policial e um lençol azul-claro. Um jeito nos cabelos que continuaram soltos, tudo aquilo escondido em um roupão.

A pele quente se arrepiou quando o metal gelado da pistola encostou. Como saber quem vem? O nome do infeliz apertando a tecla do outro lado da porta? A todo instante um pesadelo, a sensação de estar sendo vigiada, perseguida.

Abriu a porta, ela estava sem maquiagem, e a tão pouco tempo estava seminua.

— O senhor não deveria estar aqui — disse, surpresa.

Um enorme buquê de rosas vermelhas, um vinho e um homem sedutor. Maldito perfume masculino.

— Como conseguiu subir?

Ele sorriu. Quanto custara aquele descuido? Mas era aparentemente, somente aparentemente, por uma boa causa.

— Eu fiquei sabendo da sua promoção — respondeu um tanto tímido, acompanhado pelas piores intenções. Estar ali à frente de uma mulher tão carente, quanta covardia! Deve haver um código penal que trate sobre abusos desse tipo.

Associação criminosa com a solidão, apropriação indevida do sossego alheio, formação de quadrilha com o desejo da vulnerável, deliciosa invasão de privacidade, furto de sexo alheio.

Alexandra sentiu o seu rosto corando enquanto aquele desconhecido estava ali plantado à porta do apartamento de dois quartos.

— Não vai me deixar entrar? Eu deveria ter avisado, mas é que pensei em fazer uma surpresa.

Expirou alto, uma péssima cantada em um péssimo dia.

— Entre, por favor — permitiu.

Fechou a porta, colocou sua mão por dentro do roupão, a pistola sobre a estante, a impaciência em um pequeno aparador de vidro, mas a ansiedade ela não soube onde guardar.

Quando se virou, ele estava em pé a alguns centímetros. Ah, policial! Não pode ser esse o assassino tão procurado. Não é, argumentavam seus instintos mais indecentes.

Um delinquente temido, que após fazer amor com suas vítimas as sufoca e as beija enquanto esfriam. Alexandra! Tem um homem cheiroso no centro da sua sala!

E ela queria, sim, atribuir-lhe a dúvida da culpa, e até o condenar! Mas é que o maldito estava escondido em versos e mais versos — ela estava lendo seu romance. Como pode ser? Tantos em um único? Aquele que escreve a poesia, uma história de infinito amor, ser assim outra pessoa?

São seus sentimentos, seu instinto feminino carente a lhe enganar. Os pingos da chuva bem que tentavam avisá-la. Foi então que ele lhe entregou o pacote de rosas molhadas. Ainda noite, tão logo madrugada, eles estavam sozinhos! Gritavam os seus pensamentos. Seu rosto corando um tanto mais, sua respiração acelerando, sua pele exalando o cheiro da sua sensualidade.

Como disfarçar toda aquela atração? Ainda ontem você não o odiava? Talvez a policial, não a mulher! Ela estava dividida, feito aquela velha ponte de madeira vermelha, que de um lado daqueles sentimentos estava o dever, da outra a vontade, a razão prestes a ser levada pela enxurrada de pensamentos impróprios. Ah, distintivo, eu lhe peço desculpas.

— Alexandra — disse Luis Fernando. — Aceite! Desde a primeira vez que a vi eu só consigo pensar em você, deixo de ser quem sou, faço qualquer coisa, é só você dizer. Estou parecendo um idiota, eu sei, mas é que justo agora, quando mais preciso das palavras, não encontro nenhuma.

E deitou sobre os seus seios aquele pacote barulhento.

— Todos os dias — disse. — Eu penso em você todos os dias!

Ela apanhou as rosas, olhou para o presente e depois para ele, como em uma noite ele tanto desejou, dentro dos seus olhos. Olhar de uma caçadora, lábios brilhantes, pupilas dilatadas, unhas afiadíssimas.

Um líquido cheiroso e incolor estava molhando suas rendas mais escondidas, aumentando aquele calor peculiar. Uma gotícula de suor lhe brotou do pescoço, água fria descendo por sua pele em brasa por dentro da roupa, correndo pelo meio dos seus seios, inundando o seu umbigo, arrancando da moça arrepios, molhando os seus pelos. Ela jogou para o lado o mimo e o laço.

— Está encrencado, senhor Luis Fernando — disse a agente federal. Ele segurou a sua mão, ignorou o aviso e colocou sobre o seu peito; depois, devagar, arrastou seus dedos para dentro da camisa.

— Consegue sentir? — perguntou aquele homem para aquela mulher, em uma noite de chuva. O que é uma janela à meia-luz em uma metrópole? O que pode ser em meio ao mundo? E o que pode ser o mundo em meio ao universo?

Algumas oportunidades só acontecem uma vez durante toda a existência. As consequências do próximo dia... Quem realmente se importa? A voz da ética e da moral, um sussurro diante das ordens do desejo.

Enfim seus olhos dentro dos olhos dela, fascinados, um pelos mistérios do outro. A atração de polos desconhecidos.

Desse instante para a frente eles não respondem mais por seus atos. São réus confessos da culpa, e serão esses também amanhã seus próprios acusadores, e por tanto desejo, até a própria consciência, tão rigorosa, os inocentará.

E nem sonham os personagens como escreve por suas costas o destino de cada um. Que aquele que persegue poderá ser perseguido, e o que tanto almeja prender poderá amargar o fundo escuro de uma cela. Ah, destino, não brinca! É proibido, não pode haver sentimentos.

— Vou lhe prender, sabe disso! — sussurrou Alexandra. — Cedo ou tarde! Não o tenho por inocente! Mas não hoje... — E sorriu. — Porque esta noite vai realizar todos os meus desejos.

Pobre roupão! Ficou estendido sobre o chão da sala. Fará companhia às flores molhadas de chuva, às peças de roupa viradas do avesso esquecidas, ao distintivo dourado e à pistola ponto quarenta carregada.

Que a justiça seja hoje, além de cega, surda e muda. A ética foi abandonada ao lado do sofá, o regulamento foi rasgado em minúsculos pedaços, o vinho que espere.

29

Dedicado à força de um temporal

Inevitável encontro. Quis o acaso assim escrever pelas entrelinhas do romance. Feito! Voraz sentimento que deságua, indomável rio de turvas águas, de onde vem mais florescem fortes correntezas em um remanso rebelado.

Assim parece ser esse enamoro entre Alexandra, uma policial, e Luis Fernando, um suspeito investigado. Polos tão diferentes se atraindo, esse sentimento até parece mesmo que sorri enquanto junta em um mesmo laço, dentro do mesmo verso, no mesmo abraço, pessoas tão desiguais.

Parece até que fazem de caso pensado esses afetos! O gosto em andar pela contramão da lógica, uma força invisível, essa que atende pelo nome de paixão. Ela está conduzindo ambos a um encontro surreal.

Mas a verdade é que esses se completam dentro do abraço. Águas doces e águas salgadas. Como um rio que deságua sua existência no oceano. Entrega-se de tal maneira, que dali para a frente, do presente ao para sempre, se perderá pelo meio das ondas desse mar. Esse rio que é Alexandra está perdendo sua identidade.

Tanto se deseja definir o encontro das bocas dentro do beijo. A união dos lábios alheios a procurarem o encaixe perfeito. Vêm e vão enlouquecidos, ora tão suaves e silenciosos, ora selvagens e barulhentos.

A respiração é sufocada. Um calor intenso e ao mesmo instante um frio a subir da panturrilha até o pescoço. Tocam-se e se deixam tocar, gemidos, e súplicas atendidas, todas elas.

São donos, são serviçais, são os afagos, suspiros perdidos sob os cabelos compridos suados. A fronteira que existe entre a moral e a indecência está sendo quebrada. Afinal, Alexandra é uma policial, mas parece que se esqueceu disso, ou uma força, uma poderosa correnteza a arrasta para ele.

Enquanto isso, ao toque suave dos dedos, a pele perfumada se arrepia. O toque indecente nos lugares preferidos, o gemido, a entrega e o sorriso.

— Eu esperei por você — sussurrou Luis Fernando enquanto despendia suas peças íntimas. — Por tanto tempo sonhando, desejando, querendo, imaginando como seria o seu cheiro, esse gosto maravilhoso que a sua boca tem.

Ela sorriu um sorriso amoral.

— Então vem! — desafiou Alexandra, feito não fosse tudo e tanto o que ele desejava ouvir. Ela, ao mesmo tempo que o surpreende, também o atrai. Indiferentes aos perigos, indiferentes ambos às próprias identidades.

Um homem enxergava apenas uma mulher. Uma mulher em uma noite enxergava apenas um homem. O que mais importava? Vencidos todos os conselhos da razão.

Ela o conduziu até seu quarto, e nua, enfim, deitou seu corpo moreno sobre os lençóis amassados. Quão suave... Como fosse uma onda de espumas brancas a se entregar sobre a areia. Quão belas são as curvas dessa fantasia. Se de um lado é perigosa, do outro também se revela sedutora. Quem precisa das estrelas por testemunhas?

Deixe a chuva lá fora! Não se pode ter medo dos trovões quando não se pode ouvi-los. O barulho dos pingos, findando suas míseras existências no vidro transparente, é música para essa ocasião.

Um beijo, outro, tantos, carícias que vão descendo devagar. Um passeio pelo rosto em brasa, a boca deslizando sobre a pele rubra. O pescoço serenado por gotículas brilhantes de um suor levemente salgado. Cada uma delas! Cada um desses diamantes, feito um campo de girassóis dourados, são minúsculos espelhos sobre a pele espalhados. Cuidadosamente colhidos.

Seus seios desnudos brilham suados à frente dos clarões. Suas unhas estão cravadas no travesseiro. Enfim provado o seu verdadeiro gosto. Gotas de chuva atrevidas! Temporal. Uma estação que fica entre o lógico e o inconsciente.

Para cada parada da viagem daquele homem, um beijo molhado e um suspiro, para cada pelo acariciado, cada dobra tocada, cada curva daquela dama tateada, um gosto melhor que o anterior.

Ele estava conquistando o seu território. Estrondos que tremem o mundo! Clarões do lado de fora, uma batalha campal. Os amantes a medirem forças, suas resistências, centímetro a centímetro, intensamente.

E em meio às suas coxas, o lugar mais desejado, o ancoradouro pelas ondas agitado, sua pele é um porto trêmulo esperando a tempestade, um navio perdido... O seu verdadeiro e maravilhoso aroma escorrido, esse está molhando o cetim azul.

Descanse a sua ânsia, jovem cavalheiro! Repouse feito um menino sobre o seu corpo suado. Alexandra é conquistada! Verso imperfeito escrito pelo destino. Afinal... Por que a pressa, se ela o esperava como o ancoradouro espera pelo navio?

Que seja lento e ao mesmo segundo sem fim! Pedia a bela com seus olhos brilhantes. Que seja chama a queimar sem se ver, a onda que estoura na beira do cais! Que seja suave. Suplicava em brasas. Para sempre... Sem que possa ser. Que seja infinito, que seja imenso e ao mesmo instante leve, sem deixar de ser intenso.

Seus olhos fechados, suas mãos delicadas agora em meio aos seus cabelos o conduzem ao seu destino tão desejado. Seja, Alexandra, para esse navio a derivar entre suas pernas um farol de luz clara, navegando por águas escuras e turbulentas, livrando-o do rochedo do seu umbigo, conduzindo-o ao porto que tanto o espera.

Palavras sussurradas, gemidos sem dor, seu primeiro orgasmo entrega seu mais íntimo gosto e a leva às estrelas, bem acima de todas aquelas nuvens carregadas, dos trovões fortes que nem podem ser ouvidos, dos raios que riscam o escuro do espaço e passam despercebidos. Seu lábio superior está marcado pela mordida, seu batom vermelho está esparramado um tanto na fronha do travesseiro e outro na boca de Luis Fernando.

Um suspiro alto! Um sorriso. A pele arrancada em um instante de descontrole está sob a unha comprida. Tanto arde quanto marca, e faz ser inesquecível.

O desejo atendido é como o verso mais lindo de todo o poema, é feito o acorde perfeito da melodia, o mais raro de todos os diamantes, a rima absurda que arranca suspiros.

Embora as diferenças entre esses seja um oceano de águas profundas, estão agora, pela contramão da lógica, ao findar da noite, alta madrugada, bem antes do alvorecer, abraçados como fossem mesmo simples amantes.

A chuva aumenta! A intensidade do vento também, o vidro da janela fechada está embaçando por dentro. E eles... como podem? Indiferentes ao porvir, que fiquem para outro dia as consequências.

Enquanto isso, na sala, coadjuvantes sem importância alguma, desdenhadas, as roupas deixadas pelo avesso esperam em silêncio, esfriando aos poucos. Uma fila, como os dias das vidas que os trouxeram até ali.

Ele volta à superfície para buscar o ar, torna aos lábios, mergulha em um beijo. São os desejos de ambos a se fundirem, o êxtase do prazer é bem melhor que o esperado, nenhum deles, embora o fizessem inconscientemente, esperava por tanto.

Mas esse é só o primeiro ato! O primeiro verso, o prólogo daquela obra. Ele não a deixará descansar... Não ainda! Feito o rio que adentra o mar, esse entrará em seu corpo.

E o fará como a primavera que com sutileza invade o inverno, a brisa que suavemente passeia pelos cabelos alheios, o sol que devagarzinho vem desvirginar todos os dias a madrugada.

Todos o fazem sem pedir! A razão que existe entre a sede e a água cristalina. A primavera é pelo inverno esperada, a madrugada, pelo amanhecer aguardada.

Aquela mulher nua em seus braços, naquele segundo, era sua dona e lhe pertencia, e a tanto sem que soubessem, como uma mágica, feito a letra de uma canção e sua melodia, Alexandra também, assim como ele, ambos a tanto se esperavam.

E assim passaram da primeira estação, e à segunda chegaram de mãos dadas, os dedos entrelaçados a se apertarem, gritos sendo sufocados por lábios sedentos, calafrios, suspiros e palavras censuradas.

Ela iria além... E ele queria, até, mas o pobre homem vencido, derrotado, surrado pelos cabelos e beijos, pediu seu colo, seus seios, sua pele transpirada que exalava o melhor de todos os seus cheiros, o som do seu pulsar lentamente tornando ao remanso.

E antes do sol nascer, um desconhecido, um suspeito, um cavalheiro... Que importa virar réu? Em seu ombro ainda suado, respirando o perfume dos seus desejos, se entregou à exaustão. E dormiram ambos profundamente, vencidos pela vontade atendida, a sede por enquanto saciada. O cansaço.

Assim seria perfeito! Uma noite de amor, embora esse ainda não existisse. Então que fosse do melhor prazer, a chuva intensa a terminar com uma manhã de sol e o despertar.

O vento fez parte do parágrafo passado. Um amanhã tão previsível. A hora do trabalho, o aroma do café a passear pelos cômodos pequenos do apartamento.

As frases ditas seriam negadas até sob tortura. O barulho das xícaras. Olhares... Tanto do mistério revelado. O próximo jantar teria uma sobremesa bem melhor.

Mas não escreve assim o acaso, e o romance é por demais imperfeito! A Dama sentiu sede ainda de madrugada, e bebeu da água fria que um possível assassino lhe deu.

E relaxou... Uma sensação como se estivesse caindo. Alexandra, acorda! Chamava sua prudência. Um sono tão pesado, suas forças a abandonando. Um futuro rosto a estampar as capas dos próximos jornais.

E como acordada, sob as garras de um assassino frio ela dormia, mas ela via... Sem que pudesse dizer uma só palavra, um pesadelo misturado a uma realidade, donde se pode enxergar o que se passa ao redor mas não se tem força sequer para pedir socorro.

Ele então subiu sobre o seu corpo, havia chegado o momento de se revelar, seu rosto não era mais o mesmo, havia traços estranhos, sua expressão completamente desfigurada, ela perdera as suas forças, ao mesmo instante que as mãos daquele homem iam subindo em direção ao seu pescoço.

E gritou! Sentou-se nua à beira do leito, o sol já varando pelas cortinas, pobre despertador tentando despertá-la.

Sozinha... Pelo quarto todo espalhadas, sobre a cama, até sobre o seu corpo, centenas de pétalas vermelhas exalavam um perfume delicioso, e sobre o travesseiro um papel em quatro partes dobradas.

De todo eu lhe entreguei
De tanto o que eu tinha
Desse tanto, tudo eu lhe dei
Quem lhe desejará assim, Alexandra?
Como esse?
Ah, como esse...
Como esse eu não sei.

Serei teu réu confesso!
Merecedor do teu pior castigo!
Todos os meus crimes eu conto
Sussurro aos seus ouvidos
Clemência não quero, não peço
Se novamente...
for minha.

30

O desabafo de Débora

Em uma casa no subúrbio, as luzes de um quarto estão acesas. Um menino não consegue pegar no sono, ou talvez não queira. Dorme apenas sob exaustão, quando suas forças são menores que o seu sono. Seu sonho infantil é então fragmentado. Indo e vindo! Depois de chorar tanto. São lágrimas verdadeiras! Gotas de sentimentos que descem pelo rosto jovem. Sempre abraçado à mãe, agora o seu porto seguro.

Seus sonhos são ruins! Seus sonhos são impiedosos. É porque são construídos a partir de boas lembranças de lindas tardes ensolaradas de domingo. O barulho do vento, o som do papel de seda da pipa livre voando à frente de um céu extremamente azul. Até as cores desse filme tão recente, passado que não sai do presente, cada detalhe, cada mísero barulho, aroma, fielmente reproduzido.

Mas o sol... Ah, o sol! Daquela tarde, desobediente vai se pondo... E todos os dias da vida não podem ser domingo!

Por que teve que vir a tarde roubar a manhã? Ah, que pena! Se pudessem entender aquele menino e realizar esse seu gosto!

Que ficasse ali parado o astro brilhando. E que o tempo pelo tempo congelado não lhe surrupiasse aquele instante. A brincadeira, os sorrisos, o latido do cachorro da família. E que o vento não fosse também, assim a pipa não cairia sobre a relva.

Tudo e tanto findado! E se tornaram lembranças, mais conhecidas pelo nome de saudade. Infelizes de tão felizes que foram! Agora mantêm o menino refém em sua tristeza, em seu mórbido silêncio acordado.

Quanta ira! Quanta revolta daquela mãe ao perceber sua impotência diante da realidade. Quantas dúvidas diante do silêncio da criança. Quanto ódio por alguém cujo rosto é desconhecido. Que lhe caísse sobre a cabeça apenas uma das pragas desejadas!

Como condená-la? Entender. Afinal, por que um preço tão alto a ser pago? E ainda que pago a esse maldito destino! Já não havia o miserável cobrado de ambos o bastante?

Deixe-o em paz! Gritava Débora em silêncio, ao ver daquele modo o pequeno indefeso. Por que escrever assim? Com tão péssimo gosto?

A mãe afrontaria aquele terrível sentimento, ela trocaria de lugar com o pequeno mil vezes e mais uma. Sofreria um milhão de vezes mais, se esse fosse o preço cobrado por aquele sentimento tão pesado quanto invisível.

Mas é que esses covardes na calada da noite parecem mesmo que fazem as suas escolhas, e feito feras traiçoeiras e truculentas ainda optam pelos mais fracos.

E qual a sensação que fica? O sentimento que a fará companhia quando o sol já estiver colorindo o horizonte e ela terá que sair para o trabalho. Sim, para o trabalho. Não há mais quem os defenda.

O sentimento é o que atende pelo nome de impotência, que caminha de mãos dadas com a injustiça.

A revolta se senta à beira do leito para assistir ao espetáculo. Ao findar de mais uma daquelas madrugadas, como todas que ainda virão. A última espectadora a deixar o teatro é a tristeza, já que a saudade mora agora com eles.

Quão forte são os pilares de uma família! Quão resistentes são frente aos temporais, quando estão em perfeito alinhamento! Quanta falta faz quando um desses se vai!

Então se faz necessária a reconstrução dessa família! Débora é uma mulher jovem, bonita, atraente. Existe uma criança que necessitará de mãos fortes a lhe mostrar o melhor caminho.

Porém, feito a água de um poço por um balde despencada, agitada, eis que a areia sobe à superfície. É necessário tempo para que essa decante, torne-se transparente e se possa beber.

A solidão é companhia de todas as noites. Mais tempo, menos tempo, o acaso mudará os móveis de lugar e a vida seguirá seu rumo. Mas é que entre o porto partido e o continente que espera existem muitas águas profundas. Sentimentos são por demais delicados, complexos.

Um canto vazio. Distraída. Quantas vezes ela colocou um prato a mais sobre a mesa para o jantar? Os costumes antigos também são cruéis, não percebem o mal que fazem ou simplesmente não se importam.

Acredita-se mesmo que por esses parágrafos, já que nenhum tormento é para sempre, para cada manhã de chuva existirá uma estação de sol claro. A lágrima que desce poderá ser substituída por um sorriso. A saudade e a tristeza um dia se transformarão em uma espécie de carinho, que ao final é o que vai permanecer. Atendem por lembranças.

Nenhum livro é todo um drama da primeira à derradeira página. O oceano revolto em algumas manhãs acorda com o aspecto de uma lagoa serena.

São quebra-cabeças de um quadro perfeito que se desprendeu da parede e espalhou as suas peças sobre o assoalho. Ainda que demore e seja difícil, ainda que algumas desse jamais sejam recuperadas, de alguma maneira ele será refeito.

E ao término, acredite... Quando se montar aos prantos o desenho, pendurado novamente, uma imagem perfeita estagnada, uma manhã de sol. Isso acontece sem que se possam explicar com clareza os verdadeiros motivos.

A vida vai se reinventando. A própria vida vai sobrevivendo. Porque a vida deseja apenas... ser vivida.

Mas leva tempo! O preço é cobrado. Se de um lado esse tempo, com uma das mãos, devolve a tranquilidade, do outro, com a outra ele pede sempre uma troca.

São lágrimas, sonhos que parecem reais, a sensação falsa de que de uma hora para outra alguém vai chegar. Bater a porta do carro, acariciar o cachorro, a voz rouca dizendo "querida".

Aos bandidos miseráveis, que sonham que jamais serão alcançados, é dedicado este parágrafo. Saibam, infelizes, ainda que não percebam... Não há bem material que preencha esse vazio interior. Esse abismo no qual a paz não pode ser encontrada. Esse espaço maior que o próprio universo que mora em vocês. As histórias verdadeiras, os exemplos reais! A punição cedo ou tarde baterá à porta de cada um! A desonra bem cedo interromperá esse sono injusto.

31
Um tanto de tudo

Em algum lugar, em meio a estes parágrafos, desde o primeiro capítulo da obra até o final do último verso, pelas ruas asfaltadas da grande cidade, nos cantos mais escuros, entremeado pelos becos úmidos e fedorentos, ou talvez... sob a luz do sol de um meio-dia, se esconde um assassino frio, impiedoso e calculista.

E esse se parece mesmo com alguém comum! Mais um rosto em meio à multidão, alguém se abrigando sob um dos guarda-chuvas que se esbarram pela calçada molhada. Tarde típica de final de fevereiro, começo de março. A chuva contínua, o trânsito, a buzina, o apito agudo e o sinal vermelho.

Uma pessoa de bem tomando café com creme em uma lanchonete. Alguém com gestos tão simples, um sorriso cativante, uma fala doce e mansa, quanta educação, usa um bom perfume e prefere a roupa bege-clara. Na verdade, tem fascínio pela cor. Tão bem vestido! Vivendo tranquilamente em meio às pessoas de bem.

Quantas vezes! Tantas vezes, por tantas dessas qualidades, eis que alguns inocentes, possíveis vítimas desse, o desejaram assim... tão perto.

A inocência não é ré culpada, a maldade sim. É que ele não traz um aviso estampado em sua testa. Pelo contrário, perfeito ator de um filme de suspense, arranca sorrisos alheios e suspiros propensos a um romance de vida curta.

São cidadãos de bem! Tão indiferentes ao mal que os rodeia! A psicopatia é mesmo um mistério, o comportamento não revela o psicopata, o perigo, o hospedeiro e a moléstia.

Em algum momento, sem que obedeça à razão, à lógica, à explanação, essa doença o possuirá de tal forma que ele não responderá por seus atos, e o desejo de matar será maior do que tem pelo próprio ar. Eis um distúrbio mental por demais difícil de ler.

A polícia possui, além de agentes, distintivos e armas, um centro de inteligência em busca de algumas respostas. Porém essas respostas são por demais complexas, e para algumas ainda não se tem nem mesmo as perguntas.

Então navegam, quantas vezes por águas desconhecidas, sem nem mesmo terem um mapa para apontar o rumo. Diferentes personagens e personalidades a dividirem o mesmo romance.

32

Ordens do Major

O dia amanhece em Monsaraz! A tarde arrasta a noite pelo céu da metrópole. As avenidas largas com seu asfalto escuro. O barulho dos automóveis arrancando ao sinal verde, o som das águas mansas deslizando pelas curvas do remanso.

De uma página para a outra, feito o tempo pudesse ser assim medido pelos parágrafos, Arthur espera que a rainha não dê o nome de uma estrela à princesa. Ele acredita que está sob as mãos da nobre mudar a rota daquele destino já escrito.

Ele não pensa em si próprio. Indiferente ao sentimento que terá de carregar até o fim da sua existência, ele apenas pensa em livrar sua amada de tamanha dor.

Sonha, jovem camponês! Deseje em brasas! Que por tão pouco moverão mesmo as mãos fortes do acaso. Eis que esse escreve como deseja, e para os seus dias, até parece que lança a sorte com o pior gosto, já que em sua vida essa moeda cai sempre do pior lado.

Ao mesmo tempo, séculos à frente, em uma contradição absurda, enquanto a sociedade dorme, um terrível plano está se formando.

A maldade é desmedida, e pior do que a maldade é o sono tranquilo dos que a praticam. Dormem, canalhas! Roncam, bandidos! Babam em seus travesseiros macios. Quanta audácia em sonhar os melhores sonhos. Sonhos colhidos à força, comprados com um dinheiro maldito.

É que por mais que a lei lhes arranque pedaços, às gargalhadas esses sempre se recompõem. Andam com as melhores roupas, os melhores carros, e desregrados compram o que os olhos pedem.

Seus luxos desmedidos são pagos com as desgraças de jovens condenados às sarjetas, seus diamantes com vidas inocentes. Pouco se importam com o estrago deixado nas existências alheias, na verdade não olham para trás.

A ordem vem de cima! Centenas de máquinas caça-níqueis precisam dos seus espaços nos pequenos comércios dos subúrbios e nas vidas dos adolescentes.

Sim, a polícia vem sendo uma barreira a ser vencida. Alexandra agora está à frente dessa barreira, uma delegada determinada, valente, e seu trabalho está se tornando conhecido, conhecido demais.

Na verdade, ela está se tornando um empecilho. A agente está no caminho, atrapalhando, algo a ser resolvido! E nem tudo se resolve com um tiro.

Eliminar alguém como Michel era uma coisa... Dar fim a uma delegada da polícia federal pode não ser um bom negócio. O crime pensa. O crime pulsa! O crime até suspira sem que seja percebido. O crime não atende por organizado à toa! As quadrilhas não são formadas por vagabundos ladrões de galinhas. Não!

A cúpula, sempre escondida por trás de laranjas, é formada por políticos renomados, nomes da alta sociedade, pessoas de negócios, rostos conhecidos pelas causas beneficentes, enfim, gente do bem.

Nesses, sim, botar a mão não é pra qualquer um! É que esses filhos da puta têm as costas quentes, são protegidos justamente por aqueles que deveriam proteger a sociedade.

O tráfico compra armas, navios, carros de luxo, mansões. Por que a organização não compraria uma policial bonita? Chamaria menos a atenção, e dar uma vida de rainha a uma mulher acostumada a comprar suas roupas parceladas no cartão de crédito vai custar muito menos que os prejuízos.

Então ela será procurada. São ordens do Major! Um pseudônimo apropriado para um rosto escondido sob as sombras. Apenas uma voz, uma temida voz rouca. Parece que até o alto escalão da Marinha está diversificando suas atividades.

33
Pingado e pastel de queijo

Ao lado do distrito tem um prédio antigo, uma lanchonete dessas, cuja cozinha é melhor não conhecer.

E tem um senhor de meia-idade que fica na calçada, sentado em um banquinho velho de madeira, sob um guarda-sol amarelo desbotado.

Afinal, por que os problemas do mundo não chegam até aquele rosto? Ele parece estar sempre sorrindo. Faça chuva, faça o tempo que for... está sempre ali. Aquele homem é o melhor engraxate da cidade, ele sabe disso e se orgulha muito.

E o seu cansaço, ao final de uma jornada de trabalho, quando com aquela sua bicicleta velha volta para casa, é compensado por um sono tão leve quanto justo. Que linda e simples é a sua família!

Parece... só parece, pouco. Mas ele é muito rico, porque tem tudo, e ainda sobra um tanto, do que necessita para ser feliz.

Esse lugar seria apenas mais um cenário desse complexo filme de papel, mas é que a cozinha do bar fica ali, tão próxima, encostadinha no muro da delegacia.

E de lá dessa cozinha se podem ouvir as grades batendo nas trancas! É ferro contra ferro gelado, o encontro que produz o som da pena decretada, o ponto final daquele caminho maldito escolhido.

São homens, ontem valentes, hoje chorando como meninos porque sentem medo e saudades de casa. O arrependimento e o remorso, quando juntos, de mãos dadas, formam um terrível afeto. Difícil a explanação. Somente quem passa por isso sabe dizer. A sociedade não dá segunda chance, ela aponta com o dedo.

A inclusão ao trabalho formal é quase impossível, ninguém confia em um ex-presidiário. São poucos os que pensam de outra maneira, e muitos que dali saem acabam retornando pelos mesmos corredores.

E o mais estupendo nessa relação entre vizinhos tão diferentes é que o cheiro da fritura, tantas vezes de manhã levado pelo vento, sobe por esses muros e vai até aquelas celas, assim como os lamentos daquelas vidas condenadas a duras penas escapam pelas grades frias e descem por esses mesmos muros, tornando à cozinha do bar.

O barulho das torneiras da velha lanchonete também se pode ouvir. Os gritos de um arrependimento tardo também. A água pelas mãos do faxineiro e pela louça escorrendo livremente também se pode escutar.

Que infeliz esse diálogo a se utilizar de um signo linguístico tão peculiar! Em algumas ocasiões, triste e tardio relato esse! Mas precisa ser contado. Quantos desejaram tornar aos caminhos errados tomados, aos conselhos que não foram ouvidos.

E se de alguma forma isso fosse possível, ah, se permitisse o próprio tempo! De algum modo, tornar ao ponto em que se desviaram, para que de outro modo pudessem escrever seus futuros, já que agora, na escuridão de uma cela, enfim se pode enxergar. Teriam feito as melhores escolhas. Excluídas seriam, banidas de suas vidas algumas pessoas de má índole. Serem, além daqueles muros que os cercavam, dos sonhos que tentaram roubar ao invés de construir, um livre lavador de pratos, ou um cidadão honesto como aquele senhor que engraxa os sapatos.

Alexandra chegou próximo das dez horas. Um sorriso, um pequeno gesto, a atendente já sabe que ela gosta de mais café do que leite, um ou dois pastéis de queijo, conforme a fome.

Assim que ela arrastou sua cadeira sobre o piso vermelho, uma mulher extremamente elegante entrou. Baixou os óculos delicadamente e foi andando pelo corredor até onde a agente estava. Sorriu e a cumprimentou formalmente. Pediu se poderia se sentar também. E parecia mesmo que eram ótimas e antigas amigas.

Usava uma roupa clara, um batom vermelho-sangue marcando o desenho da boca, lábios sensuais, uma sandália alta de cor similar ao tecido. Realmente aquela peça não pertencia àquele quebra-cabeça.

— Alexandra — disse, sorrindo. — Como tem passado?

— Bom dia — disse a agente. — Desculpe, mas... eu conheço você?

— Não — respondeu a desconhecida. — Mas eu conheço você. Muito!

A agente engoliu seu café amargo. Mais um cliente satisfeito com seus sapatos brilhantes. O barulho dos pneus arrastando sobre o asfalto. A pistola na cintura acariciada com a ponta dos dedos, o aroma do pingado esfriando lentamente e um envelope colocado sobre a mesa.

— Não vai precisar dessa arma, meu bem — sussurrou a loira, ajeitando os cabelos e fechando uma bolsa da Vuitton. — Tão óbvio que não estamos sozinhas, sabe, Alexandra?

— Quem é você? — interrompeu a delegada.

— Sou sua fada-madrinha — disse e sorriu, quase gargalhou.

— O que você quer?

— Nossa! Que é isso? Onde estão os modos da polícia? — perguntou a desconhecida na maior tranquilidade, irritando e fazendo piadinha.

— Na minha cintura, meu bem! — respondeu a agente, corando as maçãs do rosto. — Quer ver?

— Calma! Calma, Alexandra Souto!. Quer que eu soletre o seu endereço? Não estou aqui para isso, amiga.

— Amiga é o caralho!

A agente já havia percebido do que se tratava.

— Gente... — disse aquela desconhecida, derramando sobre a mesa uma porção de cinismo — estou perplexa com os modos de uma delegada; só vim conversar.

— Conversar?

— Sim, claro, e por que não?

— E o que teríamos para conversar?

— Olha! Parece que estamos nos entendendo...

— Não estamos, não! — respondeu Alexandra. — Nós nunca vamos nos entender. É que hoje não dormi muito bem, sabe? Então é melhor você ir andando, seja lá quem for.

— É que eu tenho uma proposta, querida.

— Eu não tenho interesse.

— Muito boa, Alexandra! — insistiu.

— Quem mandou você aqui?

— Um amigo — respondeu. — Muito rico ele, sabia? E você pode ser também.

— Diz pro seu amigo... que cedo ou tarde eu vou algemá-lo. Que tal? Hum? Que tal ele e você na mesma cela? Dou jeito pra isso.

— Sei o quanto a sua vida é difícil, querida — prosseguiu aquela mulher, ignorando a agente. — Então vou reconsiderar o seu vocabulário. Também não morro de amores por você.

— Você não sabe nada a meu respeito! Se soubesse...

— Se soubesse o quê? Eu sei tudo sobre você! Sei o seu endereço, o nome da sua mãe, e até onde aquela velhinha boazinha mora. Quer que eu diga pra você? Alexandra, quer que eu lhe diga o saldo da sua conta-corrente?

Dessa vez aquela desconhecida estava olhando fixo para a policial.

— Então me escuta!

A agente ficou calada e ouviu tudo o que aquela mulher tinha a dizer. Pessoas inocentes estavam tão próximas, mas a vontade naquele instante era voar sobre a mesa direto no pescoço daquela vadia.

Suborno, dinheiro sujo. É como se o crime organizado tivesse uma espécie de moeda paralela, e essa moeda paralela estivesse entremeada por toda a corporação.

— Pense com carinho — disse, levantando-se.

Foi nesse momento que um jovem passou por ambas, sorriu também, e deu um beijo no rosto daquela estranha. Fez questão de que a federal visse que estava armado.

— Eu tenho que ir — disse daquele seu jeito, como se fossem mesmo íntimas. — Quem eu sou é o que menos importará hoje. Sabia que hoje é o seu dia de sorte? Tudo... — prosseguiu, no mesmo e misterioso tom de voz — tudo a partir de hoje vai mudar, meu bem. Acredite! E para melhor. Como você é linda, Alexandra! — disse quando já estava de pé. — Mas está precisando ir ao salão. Precisa comprar roupas novas, e viajar um pouco também faz bem.

Piscou, apanhou a bolsa e deixou sobre a mesa algumas notas de dinheiro.

— Para a conta, meu bem.

A policial olhou ao redor, havia outras pessoas naquele lugar. Um casal com duas crianças tomando seu café, o senhor que engraxava sapatos, uma senhora que entrou pedindo ajuda para a passagem de ônibus, os funcionários do bar.

Então ela ficou ali, de mãos atadas, pensando, tentando entender como aquilo era possível. Tão próximo! Tão perto, ao lado de uma delegacia de polícia, ao alcance das unhas, eles passeavam, iam e vinham como borboletas em um jardim repleto de margaridas.

Estão realmente plantados, impregnados na sociedade, fazem cara de bons, e por qualquer descuido podem ferir pessoas inocentes. Então ela engoliu mais um gole do seu café, que já havia esfriado e se tornara ainda mais amargo, e desceu arranhando a garganta todo aquele ódio.

Dentro do envelope cinza-claro, um papel com o número de uma conta. Um cartão preto com dourado, o nome de um laranja, uma senha e muito... Muito dinheiro depositado.

Ela se levantou, ignorou aquelas notas deixadas sobre a mesa, pagou e se foi. Muitos problemas ao lado a esperavam, vagabundos de todo tipo, as celas cada vez mais cheias, e eles não eram piores que aqueles dois.

Ah, justiça! Melhor mesmo que continue vendada; entre ver certas coisas, melhor é a escuridão!

Dedicado aos sonhos que podem ser comprados.

E naquela noite, pouco antes da madrugada, a policial não podia dormir e rolava de um lado para o outro no colchão.

Na sala, sobre a mesa de centro, ao lado de uma pistola carregada e uma bolsa de couro sem marca, dobrado em quatro partes, o envelope esperava o seu destino.

Você não deveria ter reportado aos seus superiores? Afinal, por que se perde o sono após um dia de trabalho tão intenso? E agora, Alexandra? Cobrava-lhe a voz da insônia.

Então ela se levantou, a camisola curta e transparente grudada em seu corpo transpirado. Abriu toda a janela do apartamento para que o vento brincasse com os seus cabelos escuros.

O som da metrópole silenciada pela madrugada. Para onde vai toda aquela gente? Quem vive uma vida tão agitada realmente não lida bem com o silêncio. Mais um daqueles comprimidos que já nem a acalmavam mais.

Sentou-se no sofá, o som do lacre da lata de cerveja. Expulsou alguns pensamentos ruins. Quem não precisa de alguém para conversar? Quem não precisa de um colo em algumas noites solitárias, quando a vida, essa estrada cheia de curvas, por puro capricho se divide em duas? Quão difíceis são algumas escolhas tão óbvias! Quão falso, além de perfeito, é o sorriso de alguns caminhos!

E desejou que Luis Fernando estivesse ali, isso porque o tempo os envolvia, isso porque vinham se encontrando frequentemente, e quanto mais se tinham, mais se desejavam e se envolviam. Luis Fernando não era mais um suspeito; talvez fosse da lei, já que essa nada enxerga! Mas não daquela mulher seminua, enganada pela paixão em plena madrugada.

Alguns sentimentos são como aquelas pequenas flores coloridas, dessas que nascem nos vãos apertados de uma calçada de cimento, e parecem insignificantes, frágeis, mas as suas raízes vão se aprofundando, invisíveis, e de repente elas partem aquilo que as prendia e demonstram a sua força. Não existe em sua cabeceira um remédio para isso, para tal mal não existe remédio em lugar algum.

Quantos dilemas para apenas uma madrugada, policial! Dê esse seu dia por começado, não conseguirá pegar no sono novamente, seu repouso por findado; melhor é fazer um café, afinal sua atípica manhã ainda tem estrelas no céu.

Seria bem mais fácil encontrar o assassino naquele fim de madrugada que o sono perdido pelos lençóis embolados. Os pensamentos são por demais desobedientes; até parece que os mais desagradáveis são justamente aqueles que esperam à beira da cama para dizer... bom dia!

Talvez por isso as lembranças das fotos daquelas pobres mulheres lhe vinham sem que pudesse conter.

Miserável fugitivo! Um monstro covarde! Aquilo estava se tornando pior que uma caça, um caso policial, já havia um tipo de mau sentimento ali, algo entre o ódio e o rancor. Ela sabia, pressentia, talvez fosse esse o motivo da sua insônia, que de alguma forma, e isso não levaria muito tempo, como se estivesse tão perto, quase se tocando, o assassino viria até ela.

Um arrepio correu por suas costas! Ela tomou um bom gole da cerveja gelada, uma gota límpida de suor rolou por baixo do tecido fino e transparente até inundar seu umbigo. Talvez bêbada pudesse dormir. Como temer um rosto que não se conhece? Talvez não fosse medo, e sim sede de vingança por aquelas mulheres indefesas.

Na estante, ao lado de um distintivo dourado, no canto superior esquerdo, com a página dobrada, o livro de Alnilam só esperava uma chance, e suplicava por isso, para lhe arrancar daquela realidade horrível. A agente apanhou o romance.

34
O nascimento de uma estrela

IV Ato.

Um alvorecer alaranjado, um vento e um sereno gelado. A espera! Tão suaves quanto intensos são os afetos que o povo tem pela rainha! Eis que à beira das fogueiras aguardam notícias sobre o parto desde a tarde, quando Sua Majestade passou a sentir as primeiras contrações.

Quão rápido correu a novidade! Era chegado o seu momento, o fruto do amor real estava para nascer! E se perguntavam os primeiros e os que chegavam depois, aos poucos se juntando aos portões reais.

Seria um menino? Um príncipe, ó, Vossa Majestade? Ou quem sabe, sussurravam as vozes femininas, o reino seria presenteado com uma linda princesinha?

Flores e laços pelos corredores do castelo, novas cores e novos perfumes. Do casal real, o primeiro filho. Dê uma flor tão bela e tão amada o primeiro fruto, quanta alegria logo ali no amanhecer!

Haveria o rei, todo orgulhoso, com o filho aos braços, de aparecer na sacada do castelo, acenar ao seu povo, dizer o nome do príncipe ou princesa e decretar três dias de festas!

Uma princesa! E se ela tivesse da mãe a beleza? Os mesmos cabelos vermelhos caracolados, os jeitos da nobreza, a rainha, ali tão linda nos trejeitos perfeitos da criança, o broto de uma flor tão rara nos perfeitos traços de uma menina?

Haverá de ter o mesmo brilho nos olhos! A gentileza e a elegância do seu caminhar, o remanso tranquilo que é seu sorriso, sua alegria tão discreta, um sol de alvorecer por nuvens escuras escondido, e sobretudo a sua bondade.

E se menino? Ah, um menino, ainda que severo como o rei, quem se importará com isso? Vê... Erga os seus olhos até onde a vista pode alcançar. Eis que o teu povo te ama, Majestade!

Que tenha a mesma valentia, que venha cheio de saúde, que seja broto de esperança e fruto de boas novas. Que seja tão justo quanto seu pai. Seu punho forte herdará! Valente, que de tanto e tanto ser, aquele reino com as mesmas mãos firmes irá governar.

Pois então que se apresse, que venha breve esse futuro! Não será temido o que há de vir. Um novo reinado, uma nova história, uma nova poesia a ser escrita pela caligrafia da vida.

Ah, quão lento se faz! Caminha, menino chamado Tempo! As flores pelo caminho, a brisa distraída, o vento, o amanhecer, o que há de vir, o que há de acontecer, conta logo... Traz!

Veja que mistério para tantos! Quanta espera, quantos sonhos, quantos planos! E até parecem, ao menos por aquela madrugada, prólogo do amanhecer, todo o povo que ali aguardava, de algum modo, nobres também.

Mas não se pode do romance pular as páginas... Se possível o fariam. Terão que aguardar!

É que essa obra romântica de tantos versos, essa que atende pelo nome de existência, e cada dia, cada capítulo, cada parágrafo, precisa ser lida com infinita atenção, para que não se percam os detalhes, verdadeiros diamantes.

Eis que, tanto da vida quanto do romance, são os detalhes tão pequenos a essência, o que escapa aos olhos tão apressados quanto desatentos.

E de tanto desejar a próxima página, tanto da vida, do caminho, quanto do livro, deixa-se de desfrutar o mais lindo que esses oferecem, muitas vezes não podendo pelo caminho percorrido retornar. O futuro então lhes continuará sendo assim, uma visão embaçada, feito uma água não decantada, um rio de águas profundas e turvas, uma moça de vestido vermelho comprido e rosto coberto.

Menos para um jovem de capa escura e gorro sobre a cabeça. Camuflado, escondido, um marginal, um foragido misturado à multidão. Toma cuidado, ó, miúdo!

Esse breve futuro não lhe era em tudo um mistério. Quanto peso, quanta angústia descansando sobre os seus ombros tão jovens! Palavras represadas que não fariam sentido algum a não ser para ele mesmo, já que o porvir para esse é passado.

Ali, junto à multidão... quem iria dizer? Quem teria para tanto audácia? Um fugitivo por toda a guarda procurado. Um clandestino naquela madrugada findando. Um viajante do tempo, por tanto sentimento, para todo o sempre, por um encanto sobre a sua cabeça condenado!

Ah, se a guarda o pega! Tão moço e tão odiado. Quem te livraria dos ferros, menino? Quem? Como diz o poeta em outros versos... Infeliz da própria sorte. Menino! Menino! Sonda... Ainda não tem medo da morte?

E mesmo assim, contrariando a própria sina, o perigo e a sentença de sua rainha, ele retornou aos portões de Monsaraz. Em seu silêncio, em sua solidão ímpar, uma agonia sem par. Apenas o nome... Apenas o nome! Apenas o nome da menina ele esperava.

Pois sabia, embora isso lhe custaria tanto, quanto sofrimento para uma vida futura reservado. Que talvez esse acaso pela rainha decretado mudaria o destino de sua linda estrela. A sorte de duas vidas pelo acaso entremeadas, repousando sob as mãos da nobre.

Pois que lhe desse o nome de uma flor, ou de um rio, uma fruta talvez, um riacho de pedras ao fundo, uma lagoa estagnada que fosse! E quem sabe tanta dor por tão pouco seria evitada.

Eis a pura essência do amor pelo camponês provado, um sentimento maior que todo o romance. O sofrer em silêncio. Um afeto pela força do acaso nascido, por outro maior, ainda mais forte, mesmo que sofrido, seria calado.

Pode mesmo, jovem Arthur? perguntava-lhe o destino. Quantas sombras para esse seu futuro. Quer mesmo livrar sua estrela desse tormento? Vê-la desde pequena criança crescer? Consegue mesmo enxergar esse amanhã tão duro? Irá talvez um dia segurar em suas mãos de menina? Tocar novamente em uma nobre? Ah, menino... Irá se atrever?

Sabe que a guarda o espera sedenta, até mais sedenta do que naquela madrugada o esperava a fera que lhe cravou os dentes. Eis que o amanhecer não poupou a vida da madrugada. Vê? As estrelas não resistiram ao brilho do sol e foram embora. Nenhuma notícia ao povo era dada!

Tanto silêncio... Feito soubessem as mulheres mais velhas, nos rostos o sorriso trocado por um semblante preocupado, que algo não estava bem.

Então, na sacada ensolarada, enfim um guarda com seu traje vermelho e rosto entristecido saiu. E ergueu o seu braço para o ar, e o povo que já estava em silêncio mudo ficou.

— Temos uma princesa! — bradou.

Eis que todos se abraçavam, uns riam e ao mesmo tempo choravam, e até se via no semblante de alguns homens um tanto de decepção. Eram esses... tão metidos a valentes! Guerreiros barrigudos de um reino que nem guerreava. Esses desejavam um príncipe. Mas quem é esse que não sabe que com o tempo, sim, vencidos seriam pelo encanto, pela doçura, e aprenderiam a amar uma princesa.

Ergueu o braço novamente o oficial da guarda. Mas dessa vez teve que esperar um pouco mais, tantas eram as vozes que se ouviam, tamanha era a alegria da plebe ao saber do nascimento da menina.

E foi-se fazendo novamente o silêncio. A espera... O sol cada vez mais quente. As onze horas quase se abrindo, o tempo interpretando o seu papel perfeitamente. Ah, espera! Ah, silêncio! Por acaso confabulam enquanto dão gargalhadas? Por que judiam tanto de um camponês de olhos claros?

— Seu nome — exclamou o coadjuvante do romance — é Alnilam, de Órion!

Eis que a voz do soldado embargou e seus olhos marejaram. Mas quem havia de enxergá-lo de tão longe? E dessa vez, com toda a força, pois a tristeza o abraçava, ele gritou:

— A rainha é morta! — E sem que percebessem, em sua insignificância... chorou.

Ah, minha rainha! Dizia o pensamento daquele camponês clandestino. — Se podia, por que não o fez? Com apenas um gesto seu, todo aquele futuro poderia ser alterado. O mundo e até as estrelas estavam sob o seu comando, bastava ter-lhe dado outro nome... Por quê? Por quê?

E naquele segundo o camponês lembrou-se da primeira vez que escalou os muros. Da chuva, da fome que lhe dava coragem, do lodo sob as pedras frias, da poeira molhada e da fera que o atacou.

Dos cabelos vermelhos que em uma madrugada segurou, do calor das mãos de uma princesa, do brilho dos seus olhos antes do nascimento do sol, e de quanto queima esse sentimento que se chama amor.

Do abraço quente de uma estrela, e até do aroma da sua inocência. Eis o afeto em sua essência mais pura, e do sentimento que depois a ambos sufocou.

De uma paixão que lhe deu forças! Da grade fria pela insistência arrancada, a fuga, a perseguição, e também do barulho das rodas da carruagem deslizando sobre os cascalhos. Do absurdo e também do rosto de sua amada quando lhe deu o primeiro beijo.

Mas ele se esqueceu da dor alheia! Arthur não pensou no desespero da rainha, ciente de que estava prestes a partir, de como essa cheirava a filha na esperança de lhe furtar um tanto do perfume, feito pudesse mesmo e fosse permitido levar de algum modo consigo um pouco da pequena.

Não lamente, filho dos campos de Monsaraz — sussurrou o romance. — Você e a rainha são mesmo astros de mundos distantes, inocentes infelizes da própria sorte.

Mal sabes tu, Arthur, um plebeu filho de camponeses, que Sua Majestade, naquela manhã, quando o interrogava, pôde ver em sua fala, em seus olhos e em sua sujeira a essência da verdade. E naquela madrugada, abraçada à pequena, entre dar uma chance ao acaso ou ao seu romance... Eis que a nobre, por acreditar em você, concedeu uma única oportunidade ao amor.

Então o jovem se retirou da multidão. Só havia uma coisa a ser feita... mas teria de esperar dezessete anos.

Quando enfim chegar a primavera

E por aqueles campos, em cada flor que desabrochar
No barulho da chuva. Na cantiga melódica do vento a passear pelos vales de Monsaraz
No som das águas geladas do teu remanso
Um tanto do seu perfume, outro do seu encanto
Ficarão para trás.

Quantas margaridas existem até o horizonte?
Das estrelas espalhadas pela Via Láctea
Quantas podem existir daqui até o último mundo?
Quem poderá responder?
Quem o pode dizer?

Depois das gotas d'água do riacho, uma a uma, todas contadas
As margaridas, uma a uma colhidas, todas agora sem vida, arranca-das
Se pode, universo, diga! Confessa enfim!
Tens ou não um final?

Quando então se explicar aquele que atende por sobrenatural
Quando todas as perguntas forem respondidas
No dia em que todas as nossas dúvidas forem do
livro uma página lida e virada
Quando o sol perder suas forças e
não puder mais vencer a madrugada
De ti, minha rainha... Quando chegar esse dia.
Quando não existirem mais os poetas, lida for a derradeira poesia
Irão te esquecer.

35
O adeus a uma rainha

Então ele entrou naquele quarto depois de tanto tempo. As mesmas janelas, as mesmas cortinas vermelhas, o piso de ardósia escuro sob esse parágrafo bem mais gelado.

A vista para os campos floridos! O sol batendo sobre o chão da sacada respinga direto na parede.

Sobre a cabeceira da cama, eis que esse brilho duplica as folhagens da varanda agitadas pelo dedilhar do vento. Sombras escuras animadas. Um filme perfeito sobre a parede, o perfume daquela que estava estendida sobre o leito agonizava... Esse ainda não havia morrido.

Na verdade, esse perfume peculiar permaneceria ainda ali por muito, muito tempo. Feito vivesse a nobre, ou o vidro da flagrância tão suave estivesse pelo quarto todo derramado.

E assim será! Feito um legado por todos os dias, sobre os móveis, sobre as lembranças, entremeado às fibras dos tecidos das roupas deixadas para trás. Até impregnado nos sonhos doravante leves e tristonhos, e principalmente, sobre os travesseiros macios.

A cama estava na mesma posição, onde dormia sempre do lado direito. Esse era, sim, o seu lado preferido. É que sabia ele, o rei, que a sua mulher, seu encanto, o maior amor de sua vida, preferia o outro lado.

Ela gostava de se levantar ao romper da aurora para ver o sol nascendo por sobre os montes, enquanto uma brisa que passava sempre naquele horário, feito soubesse da oportunidade, brincava com seus cachos de cabelos vermelhos.

Majestade! Vê que te rouba?
De ti um tanto?
Do teu corpo esse encanto
Ah, vento indomado, atrevido!

Tantas vezes avisado!
E mesmo sendo advertido
Toca com tanta sutileza
Onde não lhe é permitido.

Mas os poetas sabem!
Que furta de Vossa Alteza
Gotas do seu suor perfumado, o aroma dos seus cabelos pelo vento espalhados
Réu confesso! Traído, enganado pela beleza.

E se levantava quantas vezes descalça, abria a janela, uma porta que dava passagem para a sacada. Uma rainha, uma nobre e uma mulher! Uma amante e uma menina, tantas em uma mesma namorada! E todas juntas, após inspirarem o ar da manhã, se deitavam novamente em seus braços.

E o amor... Ah, o amor! Feito a lenha seca e a lavareda, que quanto mais tinham mais queriam, que quanto mais queriam, mais desejavam. Ardia e queimava!

Uma chama que não se podia enxergar, enquanto o riacho ia e vinha e as margaridas coloridas eram acariciadas pelo vento. Naquele quarto invadido pelos primeiros raios do sol o romance acontecia.

O reino que esperasse! Rei e rainha? Ambos fora de suas razões, por tanto afeto inalado, ali entre beijos, suspiros e abraços, um homem e uma mulher pela paixão embriagados, mutuamente se entregavam.

Mas são apenas lembranças, essas meninas de índole atrevidas, quantas vezes inconvenientes... Recordações de outrora, que entraram na frente da Majestade.

Por que caminha tão lentamente, meu rei? Porventura não fora esse o seu quarto? Não fora essa a sua cama e a sua esposa? Onde está a sua valentia? Eis que sobre os lençóis que um dia os cobriu jaz aquela que tanto amor, sua vida e sua fidelidade dedicou.

Levante os olhos e veja você mesmo! E obedecendo à voz de sua consciência já pesada, que tanto o advertiu, que tanto lhe avisou, ele se aproximou. A rainha dormia suavemente... Parecia.

É que as maçãs do seu rosto ainda estavam rubras, e seus lábios ainda brilhavam molhados. Os olhos tão perfeitamente fechados como dormisse, enquanto a menina agora enrolada em um cobertor azul repousava ao seu lado.

Ora fazia um silêncio, iniciava e findava um choro melódico, embarcava em um sono inocente, ora a pequena, em seus signos linguísticos próprios, resmungava.

Sua Majestade então abriu o tecido de linho claro que enrolava a pequena, e, sentindo frio, a menina abriu os olhos azul-claros. Mas não chorou, feito soubesse, ou somente ele isso via, essa o olhava dentro dos olhos.

E não é mesmo? Que drama escrito de pouca vontade. Como lhe é cruel o acaso! É que ela se parecia demais com a mãe, gotas da vida de uma gravadas na vida da outra, marcas de puro mistério e beleza, quão perfeita se faz essa mágica cuja explicação não existe.

Ah, que linda menina! Ah, que linda menina! O contorno dos lábios, o queixo, o nariz tão perfeitamente desenhado, fios de cabelos molhados vermelhos, e em seu ombro esquerdo tatuada por pura maldade do destino, gravada uma mancha vermelha, idêntica, no mesmo lado, à que o rei carrega em seu ombro desde nascido.

Toma teu pago, meu rei! Que de todos os afetos de índole ruim, eis que o remorso, tão frio, tão tardio, é com certeza um dos piores sentimentos. Será doravante a sua sombra de dia, e se tornará sua ama de companhia quando a noite cair.

É que a sua voz insistente, a voz intermitente do próprio pesar, aquela que mesmo tapando os ouvidos se ouve gritar, daquele instante até o fim da sua existência você irá ouvir.

Então ele tocou nos lábios da rainha com suas mãos trêmulas! E se atreveu aquele maldito a lhe acariciar os cabelos! E beijou tardiamente sua boca de nobre, cujos lábios ainda vermelhos, feito guardassem para o último beijo, ainda tinham o gosto daquela mulher, assim como o seu calor, lentamente se perdendo.

De que adianta agora, meu rei? De que lhe servirá esse arrependimento? Beije doravante todas as manhãs a boca do teu ciúme, esse mentiroso, durma abraçado à solidão. Faça seu amor matinal com a saudade, passeie de mãos dadas pelos campos com a desilusão.

Então ele ordenou que trouxessem naquele instante uma mulher no reino que amamentasse; essa viveria no castelo, mas que não trouxesse a outra criança. O frio e a fome de uma serão o acalento da outra. E desse modo foi feito.

E naquela manhã a rainha foi colocada em um jardim do castelo, e ao povo que tanto a amava foi permitido cirandar por uma fila ao seu redor para que lhe prestassem a derradeira homenagem. E ao anoitecer, seguindo as ordens do rei, uma grande pilha de madeira seca foi feita às margens dos campos que a rainha tanto amava.

E ordenou a Majestade, já embebida em amargura — não era mais o mesmo homem nem o mesmo nobre que fora — que todos os pertences da mulher, suas roupas, seus arranjos de cabelo, tudo, menos o frasco do seu perfume, fossem com ela depositados sobre todos aqueles troncos de galhos secos.

E assim que escureceu... No instante em que a primeira estrela ascendeu, ele mesmo incendiou a madeira, e em cada estouro, conforme a fumaça branca ia subindo e manchando aquele céu azul-escuro, também o povo, por não suportar aquela imagem, foi virando as costas, indo embora para suas casas. Um a um.

Até que esse ficou completamente sozinho. Apenas a guarda, porque estavam sob ordens, permaneceu, um tanto afastada.

É que não tiveram do nobre piedade
Nenhuma condolência lhe foi prestada
O silêncio e os olhos cabisbaixos
E até o desprezo merecido ofereceram.

Quem o pesará, Vossa Alteza?
Então ele se aproximou o quanto pôde das chamas
E somente elas! As lavaredas vermelhas
O calor do fogo!

Eis que essas o consolaram!
Secando o seu rosto, a pele quente avermelhada
Tanto ardiam, tanto queimavam
Enxugavam as suas lágrimas de tristeza.

36

Apenas quatro números

A agente despertou com o rosto suado sobre as páginas de puro afeto. Um afago imaginário nos cabelos, uma mão suave sobre o rosto perfeito, um carinho surreal. Feito fosse mesmo possível que a obra apaixonada suspirasse pela linda mulher que dormia. E até parece... que tem esse romance sobre os seus dias, repletos de roubos e homicídios, gotas perfumadas de acalento.

— Ou se toma agora um analgésico para essa enxaqueca que está começando — gritou-lhe a voz da prudência — ou essa depois a condenará a um quarto escuro sem barulho algum.

Calmantes, álcool e poucas horas de sono. O que se tem para o desjejum? Está aí uma perigosa combinação, e a vida a está cobrando, Alexandra! Se não se levantar agora para o banho e uma xícara de café, vai se atrasar. E mais uma vez o problema que a cirandava na noite anterior perguntou:

— O que vai fazer?

Seis meses depois

Este é o capítulo dedicado aos criminosos e seus encantos! Quem disse que o mal é uma moça maltrapilha e despenteada? Se o fosse não seduziria a tantos! Esses são parágrafos miseráveis, pobres de nascença que contam a história de uma policial.

Porque já se passaram alguns meses desde aquela noite de insônia. O livro... pobre infeliz! Ficou esquecido no canto superior da estante e se cobre de um lençol escuro, uma poeira fina e oleosa, despertada pelo trânsito da cidade cada vez pior. Outra vez, é acariciado pelo vento que invade a sala de dois por dois pela janela entreaberta.

Alexandra e Luis Fernando escrevem o seu próprio romance. Eles se encontram com frequência em um relacionamento extremamente perigoso, uma agente federal e um possível assassino. Que belo o casal!

As fotos daquelas mulheres mortas estão fechadas em uma gaveta na delegacia. O assassino não fora encontrado. O tempo caminha de mãos dadas com o esquecimento. Não há sequer um fio de cabelo do desgraçado.

Aquele dinheiro todo era real! A senha tinha apenas quatro números. Somente quatro números! Uma verdadeira lâmpada mágica com muito mais de três desejos — a vida não precisa ser assim tão dura com uma bela mulher.

Os sonhos roubados têm um sabor muito semelhante aos que são conquistados! Talvez não tenham a mesma importância moral, mas isso é algo que se esquece após alguns goles de champanhe importada.

As roupas de grife são caríssimas para quem ganha pouco. Ah! E elas são melhores também. Não se corre o risco de encontrar na rua alguém vestido com uma calça igual à sua. Com o tempo se aprende a apreciar o verdadeiro sabor de um vinho. Os diamantes não são caros, são valiosos, e isso é bem diferente.

A justiça está decepcionada, pobre coitada, uma noiva abandonada no altar. Malditas sejam as suas comissões para cada quilo de droga que agora passa despercebida por entre as coxas da polícia.

A ética e a moral se encontram abraçadas sem consolo, enquanto as mãos do crime organizado vão deslizando pelas pernas de Têmis. O seu distintivo nem é mais tão dourado.

Tantas vezes o arrependimento chegou de malas prontas, querendo ficar. O que uma volta em um shopping não faz? Ainda mais quando se carregam algumas daquelas sacolas maravilhosas. Quantos meses daquele mísero salário seriam necessários para comprar a bolsa da vitrine? Todos precisam disso... Todos! Quem achar que não, é porque ainda não experimentou esse sabor tão requintado.

Era feito! Algumas viagens são sem volta, não se pode manchar um tecido tão claro com uma cor tão escura. Não se pode desejar que o mesmo torne ao seu estado anterior, não há uma mágica capaz de reverter isso.

E até a voz da consciência, por tanto brilho dourado acabou se prostituindo, e ao invés de perguntas e advertências, passou a procurar sentidos para o próprio comportamento. São justificativas de uma justiça inventada. O sono dos criminosos... Isso já basta!

É difícil se acostumar ao amargo de uma existência honesta. Levantar cedo no inverno para trabalhar, escolher os produtos mais baratos nos supermercados, pagar as contas básicas com o cartão de crédito.

Mas é tão fácil se acostumar com o lado bom que o dinheiro pode proporcionar! Aquela espuma branca e perfumada que fica sobre a água quente da banheira de hidromassagem. Alguns perfumes e cremes realmente deixam a pele super macia. Isso é verdadeiro.

Aos que dizem que o dinheiro não compra a felicidade é dedicado um sorriso. Ser feliz já é querer demais. O crime ceifa vidas! Mas a postura de alguns políticos safados, eleitos com o voto do povo, também o faz!

Autoridades que deveriam proteger estão à mercê do dinheiro do tráfico. Verdadeiras garotas de programa vestidas de terno e gravata. Então a impressão que se tem é de que esse caminho adotado pela agente não é de todo errado. Existem nobres razões.

Aquela mulher loira, chiquérrima, agora tem um nome. Franchesca! Claro que não é verdadeiro, mas ninguém se importa com isso também.

Ela lhe passa instruções. A agente agora recebe ordens do Major, e Alexandra agora tem dois endereços! Duas vidas. Isso pode deprimir qualquer um, mas não há nada que aquele cartão não possa comprar.

Quem precisa de calmantes quando se tem ao fim do dia uma vista como essa lhe esperando? Uma cidade inteira aos seus pés! As ondas de espumas brancas que transbordam do mar azul. Se na garagem do apartamento modesto tem um carro velho que vaza óleo, na garagem da cobertura nova tem um automóvel do ano.

As mãos delicadas, o toque perfumado, uma mulher transformada de um instante para o outro. Ora uma policial, ora uma dama elegantemente vestida. Vermelho-sangue! A cor do veículo... Que apropriada!

37
Flagrante

Não se escreve um livro... ele nasce! Eu não sabia disso.

Uma policial determinada e uma mulher carente em uma mesma pessoa.

Têmis.

Tem mesmo? Para cada honra o seu valor?

Um escritor brilhante, um homem misterioso, um assassino frio.

Homicídios em série.

Enquanto a justiça cochila, o mal ciranda!

Um camponês e uma princesa. Um rei embriagado de ciúmes. Quão forte se faz a mentira quando acreditada!

Órion, o caçador de constelações.

A fantasia!

A poesia torna possível, dá sentimentos às palavras, torna simples o que a lógica insiste em achar... Absurdo!

Seis meses depois

Até parece mesmo... Ouro de tolo, durou tão pouco! Perecem na própria astúcia aqueles que pensam que a justiça é assim tão inocente. A mulher dos olhos vendados, ela realmente enxerga através da escuridão.

Não foi muito longe toda aquela vida regada a luxúria. Roupas caras, os melhores perfumes, joias brilhantes, cremes mais valiosos que o suor de um trabalhador que bate cartão o mês inteiro. Quanta pompa! Justo ela, que condenava tanto, acabou se tornando ainda pior.

É que estão todos sob suspeita, são todos vigiados pelo Sistema. Ninguém é confiável, ninguém é culpado até prova contrária. Mas quem disse que é inocente? Existem olhos na escuridão, vozes no silêncio e ouvidos atentos que podem ouvir até alguns pensamentos. A policial deveria ter pensado melhor.

Caiu! Alexandra foi pega pelo sistema que defendeu por tanto tempo. Acreditou a agente que por conhecer, por estar ali, do lado de dentro, por ser uma delegada da polícia federal, não desconfiariam dela. Quanta tolice a luxúria vai lentamente acrescentando ao sujeito!

Tola! Estúpida! Achou mesmo que se daria bem? Por que não leu pela sorte daqueles infelizes que gritam nos corredores escuros? Detentos infelizes da própria sorte que procuraram, escreveram esse infeliz roteiro e se negam a ler. Afinal, não é a sorte desses tão semelhante? Como não pôde ver, Alexandra?

Fora pelo mesmo caminho, e agora é o seu rosto que está estampando os jornais. Bem cedo, antes do nascer do sol, os policiais federais cumpriram o mandado de prisão.

Hoje não tomará o seu café com pastel de queijo naquela lanchonete simples. Nem pagará com o seu dinheiro ganho de forma honesta. Aquele senhor continua lá, engraxando.

Perdeu o café, perdeu o pastel, perdeu a dignidade e também o final do sonho, já que as batidas na porta a despertaram bem cedo. Perdeu a liberdade, e isso o seu cartão não poderá comprar.

A polícia fez questão de pegá-la na luxuosa cobertura, aquela mesma com a vista maravilhosa. Quanto ao mar... ele continuará, Alexandra! Faça o que fizer, aconteça o que acontecer, chuva ou sol... Derramando suas ondas de espumas brancas pra cima da areia.

Ah, que vontade, hein?! Ser nessa manhã nada mais que um daqueles grãos. Desaparecer! Tornar com as ondas para o fundo daquele oceano, sumir.

Não... Hoje não poderá pisar naquelas águas, e nem pense nos quiosques ou na volta pelo calçadão. Vai poder, assim como os outros, ouvir a água correndo pelas mãos que lavam aquela louça. Um som novo para os seus ouvidos, uma melodia de péssimo gosto... Porque você está presa!

E leram os seus direitos, como se ela não soubesse.

"Aviso de Miranda"

'Você tem o direito de ficar calada. Tudo o que disser poderá ser usado contra você no tribunal...' E quando chegaram à delegacia, por aquela mesma porta, após fazer exame de corpo de delito, ela foi recepcionada pelos olhares dos colegas, e também pela repórter que enfiou em seu rosto aquele microfone. A vergonha, claro, puxou uma cadeira para assistir ao espetáculo.

Luiza Marina, a repórter do jornal "O Diário". É tão óbvio que entre ambas havia uma rivalidade por um certo cavalheiro. Ela nem é repórter policial! Mas não perderia por nada aquela oportunidade. Por nada!

Perguntas! Em todas uma dose de escárnio. Cem gramas de ironia e outras tantas de uma raiva há tanto guardada, há tanto contida, hora do acerto de contas.

— Alexandra, conte... Como se tornou uma corrupta?

— Alexandra, você nega que está envolvida em outros crimes?

Traficante! Ladra! Ela utilizou todos os adjetivos que podia! E por um instante, quando foi possível, disse:

— Quer arrumar o seu cabelo, querida? Você está horrível! Não está pronta nem para aparecer no programa policial. — E sorriu.

Mas a agente não respondia nada, era como se não escutasse todos aqueles insultos que de certa forma eram, além de verdadeiros, merecidos. E antes que dois policiais a levassem para o interior da delegacia para ser interrogada, Luiza desferiu mais um golpe.

— Vou cuidar bem dele enquanto você passa uns tempos mofando em uma cela! Ouviu, vagabunda?

Depois a matéria é editada. Não será exibida essa última parte. Isso era somente entre as duas, mas ela não perdeu a oportunidade de cuspir aquelas palavras, e não perderá a chance também de consolar aquele homem cheiroso.

38

Entre Alexandra e Débora

A ocorrência foi datada em vinte e sete de junho de 2022.

A notícia se espalhou rapidamente; o que a princípio era uma operação sigilosa, de repente fez um *bum!* E quando isso acontece, bem, quando isso acontece não tem jeito, não, chove urubu de tudo que é lado!

Quem não correu para ver? A boa notícia é tímida e anda devagar; a má tem asas, se espalha rapidamente... Voa! Ainda mais quando a protagonista da falcatrua era nada mais nada menos que uma delegada da federal.

É nessas horas que se aprende o verdadeiro significado da palavra solidão. Estar só em meio a uma multidão de pessoas e sentir-se o único grão de areia de uma enseada inteira.

E antes mesmo de todo o departamento ficar sabendo, a quadrilha já havia sido informada. É verdade que algumas paredes têm ouvidos, mas as daquela delegacia têm bocas, pernas e andam de terno e gravata. Era preciso agir rapidamente; o senso de lealdade que vagabundo tem com vagabundo chega a ser algo tocante.

Ainda pela manhã aquilo já parecia um desfile de engomadinhos. É que os melhores advogados se acotovelavam para defender a ex-policial. Alexandra sabia que não ficaria detida por muito tempo. Era só ficar de boca fechada. Quem fala é advogado, estudou para isso, e aqueles estavam sendo muito bem pagos.

Quanto a ela, uma ex-delegada, conhecedora da lei e dos direitos, sabia que a justiça deixa brechas, e o crime entra e sai como quer por elas. O bom policial arrisca a vida, recebe um salário miserável, troca tiro com marginal e prende. Um advogadinho filho da puta vem e solta. O próprio código penal mais parece uma peneira.

Mas ela passou uma bela noite no xilindró! Cela escura, tão fria! Para quem já estava acostumada a fragrâncias caras, teve que se contentar com o cheirinho de mofo.

O escárnio dos outros detentos é por conta da casa. Não se sabia como é quando as luzes dos corredores se apagam e o som dos ferros ecoa. Fica só um silêncio mórbido, o filho chora, a filha chorou também, e não teve mamãe nenhuma pra ver.

Quando amanheceu, ela ainda estava sentada na beira daquela cama feita de cimento. O sol realmente nasce quadrado, a expressão faz jus e é verdadeira, perfeita imagem na parede de cimento refletida.

Nessa hora bate um arrependimento, um remorso! O que não ajuda, não torna inocente o culpado, não restitui a honra! Não serve para absolutamente nada!

E antes que os advogados pagos com dinheiro sujo e fedorento entrassem, ela recebeu uma visita inesperada. Cedo ou tarde esse merecido castigo chegaria. Seu dia está só começando, e o pior talvez ainda esteja por vir. Aqui se planta... E não se colhe porra nenhuma!

Seria melhor a condenação de cinquenta anos em regime fechado que ter de ficar frente a frente com aquele olhar.

A mulher daquele homem que tantos princípios lhe dedicou estava sentada à sua frente. Uma mesa pequena demais, duas cadeiras de madeira geladas demais. Ali, sem dizer uma única palavra, apenas esperando uma explicação; mas não existe explicação para isso. Existe, Alexandra?

O silêncio não resiste muito tempo! A mágoa, a decepção e o ódio também não.

— Tive que vir — disse Débora, enfim. — Mas eu estou arrependida, sabe por quê? Porque ele confiava em você! E eu também confiava em você, Alexandra. — Agora eu olho, sabe? E eu não consigo entender, queria que não fosse verdade. — Balançou a cabeça, respirou fundo, soprou sobre o rosto dela para que de alguma maneira essa pudesse perceber todo aquele veneno. —Eu vejo tudo e todos que tanto odeio!

Alexandra não respondeu. Apenas ficaram se olhando. Olhos nos olhos, a mulher não baixava o rosto, a mais nova criminosa do pedaço também não.

Uma desafiava os próprios limites, a calma, a vontade de voar sobre aquela mesa, tão imensa era a decepção, o sentimento de desprezo, a ira desmedida.

A outra desafiava as fronteiras da vergonha, se é que existem, e as consequências pelas escolhas erradas, e ambas de cabeças erguidas seguiram.

Às vezes o que mais chama a atenção não é o crime praticado. A audácia, a frieza, a cara de pau que alguns criminosos têm, mas a condição que esses vagabundos possuem, a maior parte deles, de não se arrepender do que fizeram.

É que não havia nada que pudesse ser feito. Tanto para ser falado, mas não há para isso palavras, elas ainda não foram inventadas para essas ocasiões. Alguns diálogos, os piores, os mais doloridos são construídos pelos olhares.

Afinal, não havia como retornar, desfazer! Uma vez banida a dignidade, deve-se deitar e pisar sobre a lama! Os criminosos devem mesmo aproveitar o quanto podem! Suas liberdades têm a vida curta, seus dias de farra estão todos contados, não há sabão que deixe suas roupas limpas novamente, não existe um modo de lavar a honra.

— Ele ainda não fala, Alexandra. Eu já levei a todos os psicólogos da cidade. Sabe? Há uma infinita tristeza no olhar dele. Ele é só uma criança, não consegue vomitar aquilo.

Eram palavras de uma mãe. Palavras que brotavam da dor, da própria dor que a dor sente. Ambas, juntas, derramaram sobre a mesa gotas transparentes. Débora, de tanta raiva! A ex-agente, de vergonha.

— Às vezes, à noite — prosseguiu — eu fico pensando, tentando encontrar uma razão para tudo o que aconteceu. Mas não encontro! — Bateu com a mão aberta sobre a mesa. — Por que aquele tiro não foi para você? Por que tem que ser assim? Vocês, criminosos, são protegidos! Que ódio! Mas eu quero que você saiba — prosseguiu Débora, enxugando o rosto. Elas estavam tão próximas! — Eu vou fazer o que puder para que você fique aqui por muito, muito tempo. Porque quando eu olho para você, sua vagabunda, eu vejo a quadrilha que tirou a vida dele! Eu tenho nojo de você, Alexandra... Nojo!

Não suportou a ex-policial, e baixou os olhos.

— Olha pra mim! Você não é tão corajosa? Vai apodrecer em uma cela como essa!

Silêncio. Tão curto.

— Não — respondeu a ex-agente. — Meus advogados já estão aí fora, eu não vou ficar aqui! Não importa o quanto queira! Saio hoje mesmo. Se eu pudesse voltar no tempo... — prosseguiu corajosamente — eu teria feito tudo novamente. Sim, ele era um ótimo policial, sonhava com um sítio, uma vida simples... Tão pouco! Aonde essa honra o levou?

Então Débora bateu em seu rosto com toda a força e todo o seu ódio, feito pudesse mesmo naquele gesto esbofetear todos os criminosos daquela cidade. Alimentando a sua raiva, tornando-a ainda maior. Alexandra continuou com as mãos sobre a mesa, ela não se defendeu.

Foi aí que a agente que acompanhava o diálogo a segurou. Ah, mas a vontade! Era de continuar até que todo aquele rosto bonito estivesse desfigurado, e além disso também.

— Por ele, Alexandra! — gritou. — Pelo Joaquim, e para que não se esqueça de que um dia trabalhou com um policial honesto! — Seu desabafo cuspia sobre a mesa. — Para que carregue uma parte da culpa!

Ela enxugou o rosto e a ira, e saiu.

Quanto à detenta, bem, ela foi exonerada, fichada pela polícia, e seu rosto estava estampado nos jornais. Como a vida dá voltas! E, ainda assim, antes do almoço já havia sido estipulada uma fiança altíssima.

Mas o que é o dinheiro? Chapéu e óculos escuros. Se esconder bem a tornozeleira eletrônica, poderá caminhar pelo calçadão.

— Só obedeça ao perímetro estipulado e estará tudo certo — aconselhou um daqueles advogados. — Qualquer problema, é só chamar.

O sol é para poucos, mesmo, e a impunidade para quem tem dinheiro. O que dizer, se o crime compensa? Ao menos agora ela não precisaria esconder o luxuoso endereço, mas as contas estavam bloqueadas; então quem pagou a fiança?

A resposta não tardaria muito tempo — naquele mesmo dia, um pouco antes do anoitecer. Parece que o seu dia comportava mais! O motorista de Luis Fernando chegou acompanhando uma senhora em uma cadeira de rodas.

Alexandra permitiu que subissem. Quanta segurança têm esses prédios luxuosos! Pena que na delegacia não é assim. Como a lei permitiu que voltasse para a cobertura? É uma questão de tempo; mais cedo ou mais tarde a condenação viria.

Eles não ficaram muito; uma visita apenas para informar que aquela senhora havia pagado sua fiança. E fez apenas um pedido pelo tanto prestado. Que deixasse o filho em paz! Eles eram de mundos muito diferentes, alegou. E perguntou insistentemente se ela o amava. Alexandra disse que sim. Quem diria? Frágil blindagem frente à força dos sentimentos, ela falou a verdade.

— Você é uma moça jovem — recomendou a senhora calçada de sapato branco, usando um vestido claro levemente estampado, um lenço envolvendo o pescoço, cores suaves e discreta elegância, pequenos anéis de ouro branco nos dedos do meio. Pedras coloridas. Nenhum sorriso, uma clássica inglesa, quanta educação! — Vai ser melhor para ele, Alexandra — disse-lhe. — Se você o ama... por favor! — pediu. — E vai ser bem melhor para você também. Um dia entenderá.

Não aceitou o café, não ficou para o jantar, não desperdiçou mais nenhum verso sequer. Alexandra os acompanhou até o elevador e ficou ali, parada, vendo os números decrescerem do décimo oitavo ao térreo.

Calmantes e relaxantes musculares, uma terrível combinação. Melhor que aquela dor de cabeça, então ela desligou o celular. O passaporte havia sido confiscado, estava proibida de sair da cidade. Com certeza os agentes a vigiavam do lado de fora. Dormiu abraçada à vergonha.

39
Putinha de luxo

Tem um telefone tocando! Um punhal sendo cravado no peito do silêncio. Mas o telefone de Alexandra está desligado! Ela já dorme há mais de doze horas.

— Alô!

— Franchesca!

— Como vai?

— Eu estou péssimo, Franchesca, e você deve conhecer o motivo.

— Alexandra... Hum... O que quer que eu faça?

— Traga ela pra mim!

— Ela não nos serve mais... Você sabe!

— Mas ela sabe muita coisa! E me custou muito caro esse brinquedo. Quero brincar um pouquinho. Depois você faz o que tem que ser feito. Traga ela pra mim!

— Quando quer que eu a leve?

— O mais rápido possível.

— Claro que ela está sendo vigiada.

— Tome cuidado, você sabe muito bem como fazer.

— Ok, Major.

Duas semanas depois

O dia estava amanhecendo. Dezesseis horas de sono é um exagero. Atendido o pedido da exaustão. Ela não sai mais de casa, chora constantemente, dorme exageradamente. Toma antidepressivos com energético. Não permite a visita nem mesmo de Luis Fernando. Comportamento que precede a depressão.

Alexandra abriu os olhos, um analgésico e um gole de água, as latas de cerveja estão se amontoando sobre a cabeceira da cama. Como não entender por que se tem uma gastrite nervosa? Quando enfim terá uma vida regrada?

Aquela mulher

Feito um fantasma ali sentada na poltrona ao lado da cama. Bem se diz, enquanto a polícia dorme, o mal em silêncio balança o berço.

— O que você está fazendo aqui? — perguntou Alexandra.

— Você fica linda dormindo. Que corpo!

Aquele sorriso sarcástico, entre os dedos girando de um lado para o outro as chaves do apartamento. Franchesca está com as pernas cruzadas, quanta elegância desenhada em uma blusa de manga curta bege-clara. Sua cor preferida.

— Que horas são?

— Muito cedo — respondeu, ainda de pernas cruzadas. — Mas temos que ir.

Ela se levantou e foi até a janela, abriu apenas dois dedos daquela persiana cinza-clara. Deixou o sol invadir o quarto e esse foi direto no rosto de Alexandra.

— Tem dois imbecis dormindo do outro lado da rua.

Ela se referia aos agentes que deveriam estar de campana.

— Quanta incompetência! — disse sorrindo. — Se arrume! — ordenou. — Nada de celular, meu benzinho.

— Que horas são, meu? Me deixa dormir, vai!

— É muito cedo — respondeu Franchesca — e é justamente por isso que você vai se levantar.

— O que mais me falta acontecer? — sussurrou a ex-presidiária.

Alexandra se levantou um pouco tonta, sentou-se na cama novamente.

— Bora, querida! A gente não tem o dia todo! Para onde vamos, você vai poder descansar. Chegou o seu dia de princesa! Eu não falei?

Havia um carro escuro ao lado do prédio, esperando, e aquela sombra a acompanhou desde o instante em que ela colocou os pés dentro do chinelo. Inclusive junto no banheiro, vendo-a fazer o xixi da manhã. Desceram e saíram pela porta de serviços. Já dentro do automóvel, uma bebida quente.

— Fique tranquila — disse a traficante, alcançando-lhe o copo. — O café da manhã será um luxo. Isso é só para que você relaxe um pouco, vamos andar alguns quilômetros.

Quanta coragem, quanta inocência, mas ela já havia perdido tanto que não sabia mais quem era. E pensou: O que poderia ser pior que a vida que estava levando? Alexandra tomou aquela bebida, e apagou.

Enquanto mais um automóvel cortava a cidade em direção ao porto, a metrópole ia despertando. Aquele barulho do óleo quente fritando o pastel de queijo, o som de um clique e estava algemado mais um vagabundo. O barulho do trinco da cela fechando, expedido mais um mandado de prisão, tem um juiz assalariado pelo crime assinando um alvará de soltura, isso sim é um ciclo vicioso, doente.

Para cada bom policial que se forma tem outro sendo corrompido, para cada movimento existe outro contrário. O bem e o mal continuam a medir suas forças em uma balança que mais parece uma gangorra, e enquanto isso a ex-agente federal continua dormindo. Na verdade, ela está roncando.

Quando acordou estava em um quarto, uma cabine, janelas redondas e o sol do entardecer. A ânsia de vômito é provavelmente por não ter comido nada o dia todo. Suas roupas não estavam ali. Estava vestida com uma camisola curta, uma calcinha vermelha atolada na bunda. Sentou-se assustada. À sua frente uma mesa com bolos, café quente na garrafa, geleias, queijos e diversos sucos. A fome e a sensação de fraqueza. Alguém de repente entrou no quarto.

— Onde estou? — perguntou, segurando a cabeça ainda tonta.

— Você está no navio — respondeu aquela mocinha.

Saiu. Franchesca entrou.

— Se pra você é bom dia, para nós já é boa tarde. — Sorriu. — Acho que exageramos na dose. — E dessa vez quase gargalhou.

— Vamos comer? Vem, Alexandra! O entardecer está lindo, a água da piscina está uma delícia, ninguém tocou em você, meu bem... ainda.

Prosseguiu:

— Hoje será uma noite especial. Você vai conhecer o Major, por isso piscina, banho de cremes, perfumes. Eu separei umas lingeries maravilhosas pra você! Tudo tem o seu preço, amor, e tive que lhe dar roupinhas novas, mais apropriadas, entende?

Franchesca tem, sim, um sorriso encantador. Os olhos esverdeados, brilhantes, e quando fala até parece ser sincera.

— Como você é linda sem roupa! — sussurrou, e colocou as mãos sobre as suas coxas. Mãos que foram subindo devagar até tocarem na renda vermelha. — Depois poderemos brincar um pouco. O que você acha? — Piscou maliciosamente. — Vem, então! Vou tomar café com você para irmos para a piscina.

— Que lugar é este?

— Um navio, minha linda, o mais luxuoso em que você já deve ter entrado. — Sorriu. — Vai se acostumando, Alexandra, é só tratar bem nosso anfitrião.

— Preciso de um analgésico.

— Você está precisando é de um anel de diamantes. Isso, sim, cura qualquer dor de cabeça. Agora vem!

Quantos mimos, quantos agrados! O banho refrescante realmente curou sua dor de cabeça, Franchesca tinha toda a razão. A vista para o oceano, o sol batendo sobre as águas salinas, o mar tão calmo e um céu aos poucos se incendiando. Quem precisa de aspirinas?

Uma linha vermelho-escura se formando sobre as águas, lá, bem no fim, onde a imensidão do horizonte encosta nas ondas. O verde-esmeralda e o azul-turquesa juntos. Lindo! Como são deliciosos esses drinques servidos à beira da piscina!

Um transatlântico luxuoso, pessoas simpáticas com seus sorrisos altos. O retrato de toda a luxúria que ela um dia condenou, tudo e tanto ajoelhando-se aos seus pés.

Tantos prazeres juntos são capazes de aquietar a voz já rouca da consciência. Dá para abrir as pernas por muito menos que isso.

Depois, na cabine, mãos tão delicadas. A massagem tântrica é mesmo uma delícia. Os perfumes raros, a pele sendo acariciada com óleos que suavizam e deixam um aroma delicioso.

As unhas serão pintadas da mesma cor das peças íntimas. Que combinação... perfeita! Ela está sendo preparada para conhecer alguém especial. Um nome sem rosto, a personificação do crime, a cúpula de toda aquela organização. Uma janela aberta para uma vida regada sempre com o bom e o melhor. Quanto ao preço a ser pago... bem, nem era assim tão alto.

Mas todo aquele dia quente também reservava uma surpresa. O mar sereno resolveu despertar, a brisa se transformou em um vento forte, e o céu que prometia estrelas de repente escureceu.

— Gosto mesmo assim — disse Franchesca. — Com raios e trovões! Façam esse navio balançar, amor! — recomendou. — Se ele gostar, vai querer mais, Alexandra, e ele traz presentes maravilhosos, viu? — E riu alto.

Antes de sair, a cafetina olhou para trás, seu melhor sorriso de deboche. — Quantas voltas, não é mesmo? — perguntou, e tomou um gole de uma bebida transparente. Colocou a taça sobre um aparador de mármore claro, retocou seu batom, e depois olhou para ela e disse sem cerimônias: — De delegada da federal a putinha de luxo. — Ajeitou os cabelos na frente do espelho.

Alexandra sorriu e não respondeu. Dentro daquele roupão macio e perfumado ela apenas observava aquela moça pintando suas unhas. A ética que fosse se danar! Havia, sim, feito as melhores escolhas.

Vermelho-sangue... sempre! A cor a acompanhava, ou talvez a perseguia.

— É verdade, Franchesca querida! Dá tantas voltas, eu gosto. — Sorriu novamente. — Você também não gosta?

Franchesca parou, pensou... As mãos sobre o queixo, mas não lhe respondeu. A frase tinha respingos de ironia. As mulheres entenderão. Depois de alguns minutos, com dois dedos ela jogou um beijo antes de piscar e bater a porta, enquanto pela janela da cabine já se podiam ver os primeiros clarões.

Depois Alexandra ficou totalmente sozinha. Todas as despesas daquele spa já haviam sido bem pagas. Seguiu todas as instruções dadas pela "amiga". Apagou as luzes, tirou sua camisola transparente, deixou que essa caísse à beira da cama. Acendeu um abajur vermelho ao lado, a mesma cor do batom. Deitou-se e se cobriu com um fino lençol. Esperou.

O barulho do vento, o som das ondas ao longe se atirando contra o aço do casco do navio. As cortinas compridas tocando o piso de madeira laminado. A janela que dava para um mundo ao qual ela não pertencia mais. Se de um lado só se via água, do outro se podia ver um horizonte aos poucos se acendendo. Pois que viessem esses novos tempos obscuros!

O transatlântico não estava mais ancorado, e era possível perceber o seu movimento imponente em meio ao temporal que se aproximava. Pobres ondas! Pobre mar retalhado frente à força dos motores! Impiedoso casco da embarcação.

O quarto semiescuro, o corredor externo iluminado. Por baixo da porta se podia ver um risco de luz amarela. Vozes ao fundo iam e vinham vez ou outra, coadjuvantes personagens anônimos daquela espera angustiante.

O mistério derramava-se daquele colchão, ia ao convés, atirava-se sobre as águas agora escuras. O mar profundo, os corais esquecidos em suas profundezas. Os passos... Som de sapatos masculinos.

Parou frente à porta, Alexandra observava aquela sombra a se mexer, o trinco girando bem devagar... O discreto barulho da fechadura. Alguém adentrou o quarto, um rosto, uma identidade protegida pela escuridão da cabine. Fechou a porta devagar.

A silhueta de um homem em pé olhando em sua direção. Os olhos, na escuridão, não têm cor e nem brilho. Uma sombra sem voz e sem rosto. Ali parado, observando-a em silêncio.

Nenhuma frase, apenas o som daquela respiração. Então, feito um animal provocado pelo cheiro do sangue, ele veio devagar, sentou-se à beira da cama e descobriu lentamente a dama, causando-lhe um arrepio.

— Você é perfeita... — disse enfim, com uma voz rouca. Abriu seu sutiã, fazendo com que seus peitos comprimidos saltassem para fora. Não lhe pediu licença, era seu dono. Tocou em sua virilha por baixo da renda vermelha. Aquela mão estava fria, mas ela não reclamou. Estava disposta a ir até o fim, atenderia aos seus pedidos. De onde estava já não tinha como voltar atrás, faria de tudo para satisfazê-lo.

— Quero que me espere aqui — disse. — Temos negócios muito importantes para esta noite, meu bem. Quero que esteja sem nenhuma roupinha. Vamos comemorar muito... Pode ser?

— Sim — respondeu Alexandra. — Não vou sair daqui, então não demore, porque eu estou com vontade.

Então aquele desconhecido, escondido sob aquela meia-luz, a beijou no pescoço. Cheirou seus cabelos compridos, deixou um tanto da sua colônia masculina, deixou sua saliva sobre sua pele perfumada, e seus dedos tentaram adentrar sua calcinha, mas Alexandra não deixou.

— Quero pacote completo! — sussurrou. — Nada de me fazer vontade e sair.

— Está bem — disse aquele estranho. — Você me excita, Alexandra. Eu já volto, vamos brincar a noite inteira.

— Sim, vamos — respondeu aquela mulher, exalando um perfume maravilhoso que invadia toda a cabine, inundando os sentidos daquele homem, roçando com as unhas afiadas pelo seu pescoço.

— Você é muito gostosa.

— Como sabe?

— Estou vendo!

— Precisa experimentar — respondeu a pura má intenção.

— Vou beber você!

— Beber?

— Sim... Quero do seu gosto.

E a beijou na boca, manchando o seu batom.

O ar que entra pelas narinas faz barulho, as mãos que apertam com força os ombros deixam marcas vermelhas. Quanto desejo tendo que esperar para daqui a pouco!

Antes de se levantar ele segurou a sua mão, um beijo entre os dedos, uma pulseira de pedras que, embora à meia-luz, insistiam em brilhar. Ah, os diamantes... Eles falam!

— É só o começo, meu bem — disse aquela sombra. — Você terá tudo o que desejar, eu já venho.

Saiu sem fazer barulho, e não se esqueceu de trancar a porta.

45

Ainda sobre a leitora e o romance

Na delegacia ele confessou todos os crimes. Sem muitos detalhes! O covarde, tão pouco falou. Ora parecia ser uma pessoa, ora uma totalmente estranha. Múltiplas personalidades morando naquele único endereço. Um ser atormentado.

Mente tão notável quanto doentia! Tanta frieza, quanta culpa! Como conviviam todas aquelas vozes dentro de um único ser? Pois que a psiquiatria explique, se for possível, e que a justiça sem piedade condene. Difícil dizer, se pudesse por um instante pensar como aquela cabeça, qual dos seus personagens pode ser daquele modo tão violento?

Então, que seja comprida e dura a pena que sobre a sua cabeça será decretada. Pior, bem pior, fora o destino das mulheres por aquelas mãos sufocadas.

Acabado, então... Esse é o fim de um psicopata impiedoso. Agora, preso e domado, até os olhos da fera se tornaram inofensivos. São mendigos verdadeiros, pedintes que comovem, dignos de piedade de quem não o conhece.

Mas que não se enganem! Adverte a prudência em tempo. Como se não bastasse o pessoal dos direitos humanos, eles querem saber até o cardápio do café desse infeliz. Já que se preocupam tanto, poderiam levar para casa, dar banho, pôr na cama para dormir.

Pois que se dane! E que pereça lentamente no fundo escuro de uma cela. Que apodreça abraçado aos seus eus! Um pior que o outro.

A policial testemunhará contra ele nos tribunais! A vida tentando se passar por uma tragédia grega. Sequelas ficarão nos sentimentos de uma mulher que quase... quase acreditou naquele amor. Outrora alertada... Certos sentimentos não lhe devem pertencer.

Pois que se cuide melhor! E trate desse mal irremediável com gotas de tempo. Tome-as de oito em oito horas. Abuse das aspirinas nas dores de cabeça, e para as noites de insônia dobre a quantidade dos seus calmantes. Quanto à desilusão... ainda se busca um remédio para esse mal. Que o estrago deixado no campo dos seus afetos seja como a saudade deitada nas camas das famílias golpeadas por esse covarde.

Um lugar à mesa, um canto vazio. Aquela foto na estante com um sorriso para sempre congelado. O cheiro deixado nas roupas usadas aos poucos indo embora. Nunca haverá para esse mal um castigo à altura.

E agora? Encontrado o rosto tão procurado, o quebra-cabeça, todas as peças perfeitamente encaixadas, montado. Policiais a comemorar o grande feito! A prisão desse filho da puta será anunciada pelos meios de comunicação. Mera formalidade quando se tem um réu confesso. Dali para o exame de corpo de delito. É apenas para ver se a polícia não deixou alguma marca sobre o seu corpo no momento da prisão.

Marcas? Marcas foram o que ele deixou no corpo das vítimas! A audiência de custódia será breve, e depois a penitenciária o acolherá como um mau filho. Lá tem muito preso perigoso esperando uma única oportunidade de conversar com ele. Talvez façam a justiça que ele realmente merece.

Mas é que tem alguém chorando de ódio, dentro de uma sala com as luzes apagadas. Alexandra não suportou acompanhar o depoimento. Ela voltou para casa. Tomou um banho demorado, mas não conseguiu se lavar de nada daquilo. A vida que leva vem lhe deixando marcas perpétuas.

Estava preso por baixo de suas unhas! Por dentro do seu corpo, entremeado aos seus cabelos, em algum lugar onde nem ela ou as águas do chuveiro podiam alcançar.

Aquele ambiente ainda tem o seu cheiro. Essa colônia parece que foi aberta e derramada por todos os cantos do quarto. Aquele filho da puta esqueceu uma gravata pendurada no trinco da porta do banheiro. As lembranças recentes são as mais doloridas.

O livro de Alnilam e a janela aberta! Que terrível combinação! Alexandra está olhando a cidade do alto. Sua ira a convida a um ato desprezível, ser igual ou pior que aquele assassino.

A altura! Um mergulho silencioso. Seria um crime perfeito, ela estava prestes a atirar o romance pela janela.

Feito fosse esse o culpado! Sempre a repetir os mesmos versos, como haveria de se defender? Quem se habilita a ser advogado de um livro? Como um ser desprezível como aquele podia escrever coisas tão lindas?

E protestavam então as folhas, do único modo que lhes era possível. Pediam em voz alta, já que o vento daquela tarde era tão forte, e esse, pendurado pela ponta dos dedos da policial, era por esse mesmo vento chicoteado. Indo e vindo! Indo e vindo! Soltava um sonido singular, característico choro oriundo das laudas agitadas pelas correntezas de ar.

Quem o poderia justificar? Foram ambos pelo mesmo amor traídos. E há ainda quem diga que as palavras não sentem nada! Que as meras e coadjuvantes laudas da obra são apenas frias linhas portadoras de sentimentos verdadeiros, sem nada sentir. Mero ser de papel, que carrega e traz afetos sem nada perceber, não sangram, não envelhecem, não morrem.

Parece que isso não é verdadeiro! Chora a policial após resolver o grande caso. Chora a mulher abandonada pelo amor que nunca existiu. Chora a obra, junto com ela, abandonada por seu escritor.

Alexandra desistiu de atirar pela janela aquele ser feito de tintas, versos, parágrafos e rimas. Surpreendentemente, ela se deitou no sofá, e o abraçou com todas as suas forças, para chorar em voz alta.

E deixa-nos à sombra dos galhos da dúvida. A mulher e o romance. Por não se saber ao certo, já que nada podia dizer esse seu silêncio quebrado. Nem suas lágrimas. O choro irreverente! Águas de sal represadas rompendo da sua pobre blindagem.

É por esse amor incandescido o seu lamento? Ardido! Ou pela ira acesa em brasas e lavaredas? Ou seria por piedade dos versos que segurava?

Consolava-o então a leitora? Ou por ele Alexandra era consolada? O que custava? O que custava? Perguntava a obra ainda fechada, perdida em seu abraço, aquecida por seu sofrimento, molhada por seu suor perfumado, ler seu último capítulo?

Pois que fosse esse entardecer alaranjado! Respondeu a policial no mais completo silêncio. Atenderia ao pedido! Até parece que já morava entre o real e a fantasia. Seria então por uma força maior, algo tão poderoso, decretado, inevitável, aquele o crepúsculo das suas despedidas.

Um copo transbordado de uísque. Um brinde erguido à desilusão. Que lhe caçoasse depois a voz da razão que tanto a advertiu, mas que lhe permitisse por piedade ou outro afeto de índole semelhante. Calados! Uma única trégua, para que cumprisse seu propósito de tola e enganada, amada leitora, e findasse também o seu verso, o motivo do seu existir.

E surpreendendo a todos, aqueles terríveis afetos que com ela bebiam, riam e brincavam, já não havia mais nada a perder, que quanto mais tinham, mais exigiam os malditos, jogaria sem ter uma única moeda para apostar — ela abriu o romance.

46
A morte do rei

V Ato.

Noite de primavera... Um dia antes da princesa Alnilam completar dezessete anos.

Pelos mesmos muros que subiu o menino faminto um dia. Sobre as mesmas pedras pelas quais em noites de temporal andou o jovem apaixonado. Instantes antes da chegada de Arthur...

Um homem claro, com uma capa marrom cobrindo o rosto, caminha sorrateiramente. Ele cumpre, e no mesmo capítulo afronta o seu acaso. E reconhece o caminho! Desafia a realidade, duela com a razão.

A fera que o sangrou ao latido, essa que o mataria, jaz há tanto morta. E no punho direito, assim como em seu coração, ele carrega marcas tão profundas deixadas por aquelas presas brancas e pontiagudas. Ferimento para sempre aberto! Testemunha esse da veracidade desse conto absurdo.

Então será como foi! Assim a história contada... Seja pelo absurdo ou outro sentimento maior, novamente vivida.

Reescrevam, se o podem! E que meçam as suas forças em um confronto final o amor e o destino. Sobre a mão direita do acaso, o homem. Sobre a mão esquerda do acaso, o menino. Lancem-lhes então a sorte!

Uma noite calma e iluminada. Traídos ambos pela ansiedade. A grade fria pela insistência foi derrubada. Vencida! O amor posto à prova foi bem mais forte. O abraço dos jovens há tanto guardado.

Uma carruagem simples. Cavalos que foram roubados por amor. A fuga.

Vê que são todos então réus de morte! Declara o perigo. E de pedra em pedra, o homem de capa marrom chegou à janela onde dormia o rei.

Quão tolo! Quão enganado! Imaginava esse que o dominaria... E que cumpriria então Sua Alteza as suas ordens. Apenas por aquela madrugada, seria o rei seu refém, seria o plebeu um rei.

E seguiria as suas ordens a guarda, na voz do verdadeiro nobre, pois que deixassem Alnilam e Arthur fugirem.

Quanto engano seu! Subestimando o sono leve de um homem. Eis que, ao colocar sobre o quarto o seu pé, a espada lhe veio de encontro. Um salto! Um grito... E teve que defender a sua vida.

À luz do luar, ao toque do metal no chão, se espalhavam fagulhas acesas. Enquanto lá fora, pela força de um sentimento que não se denominava, dois jovens com todas as suas forças haviam derrubado aquela grade de ferro escura.

Ele a segurou pela mão direita para que ela subisse na carruagem. O rei o golpeou com todas as forças e a ira que tinha. O toque e o encontro de peles tão frias. O toque e o encontro das lâminas geladas. Juntos e condenados! O rei e aquele homem abraçados em um confronto mortal. Estrelas de lágrimas descendo sobre o rosto de suas poesias. O sangue vermelho banhando a espada afiada.

Miserável poema de sina. Tudo assim um teatro fatídico mal ensaiado. Sobre o fio do corte daquele viajante. Descansava para sempre Sua Majestade. E sussurrou-lhe aquele clandestino pelo tempo enganado. Reescrevendo seu verso ao final do espetáculo.

— Perdoa-me, meu rei! — disse o salteador ao nobre abraçado, colocando o seu rosto sobre o seu ombro. A mão sobre sua face ensanguentada. O fôlego descompassado lentamente se acalmando. Ensaiado de um modo, encenado de outro.

— Durma, Majestade — sussurrou-lhe Arthur, deitando-o devagar sobre o chão do quarto. — Como dormiu sua linda rainha, tão bela, tão pura, tão verdadeira, enquanto outras, Vossa Alteza, sufocam sem dó nem piedade.

E ao toque da corneta da sentinela, ainda alta a madrugada, fugiam Alnilam e Arthur, e antes do grito do capitão da guarda, mesmo sabendo que seria esse o seu fim! Qual haveria de ser doravante o propósito do seu existir? Aquele homem pela janela gritou! — É morto por um salteador nosso rei!

Fujam, jovens apaixonados! Durma, Órion, pela madrugada embalado. Rodeado de tantas estrelas lindas... Não perceberá essa, ainda que única e mais bela... Deixe-a por distração ou caridade, viver seu romance incandescido. Algo entre o irreal e a verdade!

47
Até o limite da coragem

Alexandra fechou o livro, havia algo sublime ali! Pelo telefone, avisada naquele exato momento, veja que roteiro tão mal escrito, ela soube que o teste do tecido encontrado nas unhas da vítima dera negativo. Aquela pele não era dele.

Então voltou à delegacia, tomou fôlego, tomou coragem e foi até onde Luis Fernando estava, e lhe perguntou quem aquele infeliz defendia ao ponto de pagar com a própria liberdade. Quem era?

— O nome! — gritou Alexandra.

Na cela estavam a policial e dois agentes, além do suspeito. Ela pediu para que os deixassem a sós, e ambos obedeceram. Então ele levantou o rosto.

— Já tem seu culpado! — disse.

— É que eu não acredito em você! — insistiu a policial.

— Vai embora, Alexandra... Acabou!

— Acabou o quê? O quê?! Responde! Afinal, quem é você, Fernando? Você é um assassino filho da puta? Você me enganou esse tempo todo?

Ele a olhou firmemente.

— Sou um criminoso! Não era isso que a polícia queria? Desde aquela noite, desde aquele nosso jantar, você tanto procurou! Olha aqui... Pronto!

— Ah, seu filho da puta! — gritou a agente. — Por que tá fazendo isso comigo?

— Acabou, Alexandra!

— É só isso? É só isso o que você tem pra dizer? Olha aqui na minha cara e responde.

Então ela se aproximou e olhou bem dentro dos olhos dele. Não parecia mais a mesma pessoa. Desta vez aquele homem se deixava ler, seu sofrimento e toda a sua angústia estavam dentro daqueles olhos, desenhados nos traços do seu rosto.

— E de que adianta agora? — respondeu o suspeito.

— Fernando!

— É que eu nunca disse isso.

Alexandra se aproximou ainda mais. Ela podia sentir seu hálito, o aroma da sua respiração. Ele abaixou a cabeça, mas ela ergueu seu rosto dentro do mesmo segundo.

— Não foi você, eu sei! — disse, em um tom de voz mais baixo. — Olha pra mim. Tô querendo ajudar, eu estava ali tão perto, adormecida.

— Duvide de tudo — respondeu o criminoso confesso, calando a policial. — Duvide de tudo, menos do que eu sinto. Eu nunca disse isso assim, não é mesmo? É que nunca precisei, tudo o que eu queria estava ao meu alcance, ali, esperando por mim. Mas agora é diferente, justo quando não faz mais sentido algum.

— Me ajuda, Fernando! — pediu a agente. Ele vai continuar matando, tem gente inocente lá fora, me ajuda, por favor!

— Eu só posso vir até aqui — respondeu. — Agora vai embora! Preciso de aspirinas.

— Você não é um assassino, mas é um covarde, você sabe quem foi!

A policial estava extremamente revoltada. É que tudo o que a polícia havia conseguido estava prestes a desmoronar, porque não havia nenhuma prova real contra ele. Não se pode prender um homem apenas pela cor do botão de um paletó!

Os advogados vão alegar que ele foi coagido a confessar aqueles crimes. O depoimento será anulado, e pela manhã, talvez um pouco mais, até a hora do almoço, um deles o acompanhará até sua casa.

Foi então que algo aconteceu. Como tinha de ser, Luiza Marina estava enviando uma mensagem.

— Justo agora! — gritou Alexandra.

E por uma força que não se pode denominar, talvez a mão do acaso... As derradeiras páginas do romance haviam reservado esse dia e essa hora. A agente leu aquele texto curto!

“Indo dormir com ele, depois conto os detalhes.”

— Você estava saindo com a Luiza Marina? — perguntou a agente.

— Eu não tenho nada com aquela repórter.

— Como não?

— Nada! — insistiu Luis Fernando.

E foi nesse exato instante que a sua intuição, aquele sexto sentido, lhe confidenciou:

— Por que demorou tanto, Alexandra?

Havia sido por tanto tempo feita de idiota! Um clique, aquele pequeno estalo, a última peça que faltava daquele terrível quebra-cabeça, ali se encaixando perfeitamente. A conclusão em forma de um flash.

— Uma rainha que sufocava sem pena nem dó — sussurrou a policial... — Não acredito! E ligou para a repórter, porque ela estava em perigo, mas claro que ela não atendeu. — Ela está indo dormir com você! — gritou, e o empurrou contra a parede. Bateu com força a porta da cela e nem ouviu quando Luis Fernando disse:

— Cuidado!

O suspeito alertando a policial. Tão óbvio que estavam fora de suas ordens! Uma noite como aquela poderia não terminar bem.

A velocidade e o desespero. Que dupla imprudente! Onde estava o seu colete policial? Pelo rádio, pedindo reforço, poderia dar tempo. Ah, Alexandra... Se você fosse tão rápida quanto os repórteres! Os urubus voam sobre a cidade. Enfim o encontro tão esperado, o acerto de contas!

Poderia ser tarde demais! Poderia ser tarde demais!

Naquela mesma sala escura e gelada ela foi recebida a tiros e revidou. Quando se leva um tiro de uma ponto quarenta, a sensação é a de um soco, um coice! Mas a dor, mesmo, essa só vem depois que o corpo esfria e o sangue mancha as roupas.

Que ironia, hein...? Que história mal contada, dirão os telejornais amanhã cedo. É que quando o reforço chegou, o motorista de Luis Fernando estava morto, caído de bruços no canto da sala.

Odete, aquela elegante senhora sentada em sua cadeira de rodas, sorriso prazeroso e doentio. Não soube ler, Alexandra? Estava tudo tão claro... Sempre! Como não percebeu? E agora o preço cobrado é tão alto.

O nobre escritor era filho adotivo. Ele nunca lhe contou? Aquela mulher pelo moço era doente. Mórbido ciúme de uma posse sem explicação.

E quanto maior o sucesso, maior o assédio das mulheres, e bem maior a sua ira. Ao ponto de, sob as suas ordens, por um ódio aliado a uma personalidade doentia, ajudada por seu fiel amigo, que dominava as vítimas, essa psicopata, com mãos tão frágeis, saciava aquela sua sede, e as matava tirando-lhes o ar.

Como se pudesse vingar-se do tempo que a envelhecia. Que loucura disfarçada em uma senhorinha inofensiva! E nenhuma delas lhe dera tanto prazer ver morrendo.

Sabe por quê? Isso porque nenhuma daquelas vadias, como as chamava aos gritos, havia tocado em seu coração como Alexandra fez!

E na noite em que a agente ligou, eles discutiram. Ela não queria que o filho a visse mais. Tamanho e doentio ciúme... Tentou segurá-lo arranhando seu pulso direito, arrancando de raiva um botão do seu paletó.

Agora está ficando claro, não é mesmo? Aquele silêncio, o cheiro da colônia feminina, e até o atraso. Agora está claro até aquele silêncio do dia seguinte. O abraço tão apertado quanto silencioso, o choro antes de entrar naquela viatura. O olhar para a mãe. É que se sentiu aquele homem novamente como o menino abandonado. Quem o condena, policial? Como ler por aquelas caligrafias tão obscuras?

Mas é tão óbvio que ele sabia dos crimes! Mas não teve coragem, realmente um covarde, portanto cúmplice. Não teve a ousadia que a própria velha teve.

Quanto ao botão do paletó? Esse foi deixado propositalmente nas mãos da derradeira vítima. A polícia estava chegando perto demais, a polícia estava dormindo com ele, uma vingança dupla, uma vingança perfeita.

A opinião pública teria um criminoso, ela o seu sossego... Preferiu vê-lo preso! Preferiu vê-lo dentro de uma cela fechado, eis o amor se transformando em um sentimento pior que a raiva.

E apostava, conhecia bem o homem que havia educado, ele não entregaria as mãos que o tiraram ainda adolescente daquele abrigo tão modesto. Quanto à assassina, bem, viver seus últimos capítulos de vida embebida em ódio e remorso talvez lhe afugentasse a solidão. Como saber o que é pior?

Vê? Vê que não é em tudo culpada? Até os criminosos, por suas óticas absurdas são merecedores da compreensão; isso não quer dizer que sejam perdoados, mas compreendidos, sim.

Quanto a Alexandra, foi ferida no tórax. Uma colega ergueu sua cabeça e a colocou em seu colo. Aquilo parecia uma reprise marcada para aquele dia, para aquele horário.

A agente sorriu ao ouvir que a ambulância estava a caminho. — Sei como funciona isso — respondeu à colega. — E como se podia sorrir em um instante como aquele?. A personificação do sofrimento. — Só não sabia que doía tanto! — disse antes de fechar os olhos.

— Fique calada, não fale! Alexandra, olha pra mim! Fique acordada! Alexandra! Alexandra!

Ao fundo, como a melodia final, o som esperado, o barulho da sirene do socorro. Eles chegaram a tempo, ela ainda estava viva. Que caso!, comentavam os jornais quando amanheceu. Quantas reviravoltas? Quanto empenho! Essa policial merece uma medalha de honra ao mérito!

48

Dedico a ela

Ato Final.

A cidade nunca estará completamente segura. O crime pulsa em meio à multidão. Estão entremeados às pessoas de bem. Como prever o instante em que irão se manifestar? As prisões não os prendem... Os piores são os que parecem inofensivos, despertam a sensação de falsa segurança, arrancam sorrisos antes de arrancarem lágrimas, não se dão ao trabalho de olhar para trás, não sentem pena e não perdem o sono pelo crime praticado no dia anterior.

Por sorte, uma dama de espada na mão e olhos vendados os enxerga na escuridão. Mesmo quando esses idiotas se acham invisíveis.

As histórias, por mais que sonhem, nunca serão sem fim, e os finais nem sempre serão felizes. Isso é coisa de contos de fadas. Mas quem disse que eles não existem?

Mesmo que o romance pareça absurdo, a poesia tem esse poder, torná-lo como esse sempre sonhou ser... Verdadeiro! Vivo!

Quem disse que princesas não podem se transformar em estrelas? Perguntem às crianças.

Não se escreve um livro... Eu já disse isso!

Luiza Marina fora salva a tempo, justamente por aquela a quem chamou de vagabunda. Cumpriu com o seu dever a agente federal. A policial Alexandra Souto morreu na mesa de cirurgia. Tão curto será o tempo para que se esqueçam do seu nome!

Luis Fernando cumpre pena de vinte e dois anos de prisão em regime fechado. De dentro de uma cela de dois por dois, ele continua escrevendo. A velha estava certa, ele não teve coragem de denunciá-la, porém o seu silêncio a levou a um manicômio donde jamais saiu.

Naquela sala escura e fria, sobre aquela mesa tão velha, mandados de prisão serão cumpridos como têm de ser, outros serão trocados por dinheiro.

Quando as luzes se acendem.

Que perguntarão ainda?! Arthur de Monsaraz e Alnilam de Órion. Existiram ou não?

Cabe duvidar! Cabe a dúvida diante de tamanha beleza. Cabe até ver! Perceber... A certeza no ventre da própria incerteza. Cabe até, se quiser, quem puder... acreditar.

Mesmo que leve três mil anos... Respondeu o afeto em chamas. Ou toda a eternidade! Duas estrelas em direção contrárias. Um rochedo e uma onda de espumas brancas. Em um momento dentro do tempo!

Como se espalha e lateja essa dor. O nome do sentimento maior saberá! Quebrarão tua ordem... Viverão esse amor!

Dedicado aos atores e atrizes. Aqueles que pela arte fazem do teatro a razão das suas vidas.

Acabado então! Desceram as cortinas... Era feito!

As luzes foram se acendendo uma a uma. E ao ouvir os aplausos que não cessavam, já que as pessoas simplesmente não saíam dos seus lugares, não iam embora!

Sua Majestade, a rainha, a atriz pela personagem ainda tomada, percebendo aquilo, chamou a todos e ordenou que esperassem.

— Onde estão a ir? — perguntou aos atores e atrizes, ainda com a voz daquela nobre.

— Ouçam...

E eles a obedeceram.

Eles fizeram o impossível! Levaram para cima de um palco de madeira um mar revolto, relâmpagos e trovões, um transatlântico cortando a tempestade com seus reflexos. O vendaval, uma quadrilha perigosa, uma policial com uma pistola carregada.

Então Sua Majestade estendeu a sua mão para Alexandra. Alexandra segurou na mão de Luis Fernando. O corneteiro, os guardas do castelo, o rei.

Arthur e Alnilam ficaram ao centro.

Jackson, o motorista, e Odete, aquela senhora que representou a mãe do escritor. Órion, o jovem ator que representou o amor, o destino, Luiza Marina, Franchesca e o Major.

O capitão Silva, Débora e o pequeno Joaquim, cuja arte da interpretação já lhe era infinita. A fruta não cai longe do pé, o menino realmente é seu filho.

Todos os personagens, inclusive aqueles que não tiveram fala nenhuma, se ajuntaram sobre o palco.

E tiveram de abrir as cortinas novamente, para que todos, de mãos dadas curvados, recebessem a melhor das recompensas. E tinha essa o som igual a uma chuva pesada sobre um telhado de zinco, e ecoava pelas paredes do teatro, indo e vindo... Os aplausos!

Leia também, do autor:

ENTRE A GUERRA E O CAIS

A saga de três famílias entremeada por conquistas, desilusões e pela Segunda Guerra Mundial. Um recorte de quinze anos antes de a guerra estourar até doze anos após o conflito, com um tanto de história e suas atrocidades verídicas, e outro tanto de ficção. A poesia que se derrama pelos capítulos, e a aventura, além de navios e de sentimentos, levarão o leitor a um pequeno sítio ao sul da Itália, litorais franceses e para além dos portos espanhóis. Qual sentimento pode sobreviver à guerra? Ao frio extremo e à saudade? Para qual ato caberá condenação diante de dias tão terríveis? Respostas que cabem ao leitor ao aventurar-se em *Entre a guerra e o cais.*